Claire Goll:

Der Neger Jupiter raubt Europa

Roman

Mit einem Nachwort von Rita Mielke

Deutscher
Taschenbuch
Verlag

dtv

Ungekürzte Ausgabe
März 1992
Deutscher Taschenbuch Verlag GmbH & Co. KG,
München

ISBN 3-87024-106-3
Umschlaggestaltung: Celestino Piatti
Umschlagbild: Rotraut Susanne Berner
Gesamtherstellung: C.H. Beck'sche Buchdruckerei,
Nördlingen
Printed in Germany · ISBN 3-423-11518-1

Das Buch

»O, er kannte sie, die Neugier der weißen Frauen! Ein leichtes Lachen zog die violetten Lippen auseinander. Die Spitze seiner Zunge, die dabei zum Vorschein kam, war rot. Wirklich, sie war rot, ganz normal! Alma begriff gar nicht, warum sie sich darüber so freute. Also war er doch nur außen angestrichen!« Der Neger Jupiter, dem sich Alma bald ganz hingibt, ist ein heißblütiger Tänzer und leidenschaftlicher Liebhaber, er verfügt über magische Kräfte und (zumindest in seiner Phantasie) über ein unermeßliches Reich von Kostbarkeiten. Ein bloßes Abenteuer zu sein ist ihm nicht genug... Claire Goll hat in diesem 1926 zum erstenmal erschienenen Roman mit bewundernswerter Leichtigkeit psychologischen Scharfblick mit poetischer Präzision verknüpft und das sadomasochistische Ritual mißlingender Liebe beschrieben. »Ich fürchtete«, schrieb Franz Blei, »es würden so lyricistische Faxen drin sein, aber es sind gar keine. Sondern größte Ökonomie, klare Disposition, Anschaulichkeit ohne forcierte Mittel.«

Die Autorin

Claire Goll, geb. Clara Aischmann, wurde am 29. Oktober 1890 in Nürnberg geboren und starb in Paris am 30. Mai 1977. Sie lebte in München, Genf und Ascona, war bekannt mit vielen Künstlern und Literaten; 1919 ging sie mit Yvan Goll, den sie 1921 heiratete, nach Paris; 1939–47 in New York, danach wieder in Paris. Schrieb in deutscher und französischer Sprache, zum Teil zusammen mit ihrem Mann, Gedichte, Erzählungen und Romane. 1971 erschienen ihre Erinnerungen unter dem Titel ›Traumtänzerin. Jahre der Jugend‹, 1978 eine autobiographische »Chronique scandaleuse« unter dem Titel ›Ich verzeihe keinem‹ (frz. 1976 unter dem Titel ›La poursuite du vent‹).

»Den Jupiter verderben will, dem raubt er zuerst den Verstand.«

Euripides

1. Kapitel

Wenn man in den Saal der schwedischen Gesandtschaft trat, mußte man sich schnell die Augen zuhalten. Geblendet. Nicht von den Kronleuchtern, den Balltoiletten der Damen oder den Frackhemden der Herren, sondern von dem unglaublichen Blond der Haare, das von den Köpfen wie Scheinwerfer loderte. Ein Blond, wie man es sonst in Paris nur durch Bleichen mit Wasserstoffsuperoxyd erzielt, ein modisches und doch fast bäuerliches Blond: der Flachs wuchs in Schweden auf den Köpfen. Wenn man ihn verarbeitete, wurde er nicht Leinen, sondern reinseidener Crêpe de Chine. Dazu trugen die Schwedinnen nach der Sitte ihres Landes auch noch sehr sommerliche rote Backen, so daß es in ihrer Gegenwart nie Winter werden konnte. Wie blutarm und bleichsüchtig wirkten dagegen die kleinen Französinnen, die alle zehn Minuten in irgendeiner Ecke des Saales die Natur korrigierten und Rouge auflegten.

Alma fuhr sich gerade mit einer Schwanenquaste über das Gesicht und verwünschte diese schwedische Nationalfarbe, die sie von ihrer Mutter geerbt hatte.

»Ist das schrecklich, Annette, so gesund auszusehen!« seufzte sie ihrer Freundin zu. »Ich möchte die echte rote Schminke auf meinen Wangen mit weißer Oelfarbe übermalen lassen.«

»Aber sei doch froh, du brauchst wenigstens nicht ins Institut de Beauté oder –« sie lachte –, »möchtest du vielleicht lieber aussehen wie der dort?«

Sie zeigte in die entgegengesetzte Richtung. Der Saal war so groß, daß Alma nur einen schwarzen Frack unterschied, auf dem eine dunkelbraune Kugel saß. Sie näherten sich etwas und lachten belustigt auf.

Der Anblick eines Negers, und besonders eines eleganten Negers, hat für den Weißen immer etwas Lächerliches. Hier aber, inmitten dieser Blondheit, wirkte er geradezu wie eine Karikatur.

»Sieht er nicht wie ein großer Fetisch aus, den man als Dekoration vors Buffet gestellt hat, oder wie einer jener Kraftautomaten aus einer Bude von Montmartre? Für zehn Centimes darfst du darauf hauen, und der Neger streckt seine rote Zunge heraus.«

»Die Neger haben doch schwarze Zungen!«

»Aber nein, rote!«

»Wetten?«

»Zehn Centimes! Wir werden hineinwerfen.«

Lachend liefen die jungen Mädchen zu dem Attaché Olaf Magnussen, jenem Jüngling, der nie auf einem Balle fehlt, und der diesmal die Besonderheit hatte, daß seine Blondheit den Rekord schlug. Seine Haare schienen fast weiß, und die Brauen hatten beinahe die Farbe der Haut. Diese teigfarbenen Augenbrauen waren übrigens der einzige Fehler in seinem hübschen Seriengesicht, das man von den englischen Gibsonkarten her kennt.

»Olaf, bitte stellen Sie uns doch den Neger vor! Wir haben gewettet. Stellen Sie ihn uns vor.«

»Wahrscheinlich, Alma, haben Sie gewettet, daß man seine Haare blond färben kann. Sie scheinen nicht zu wissen, daß es blonde Neger gibt. Der dort müßte eigentlich rötlich sein; denn er ist ein Peuhl.«

»Ist das heiß hier! Was für ein Temperaturunterschied gegen die andere Ecke des Saales«, scherzte Alma. »Der Neger hat sicher afrikanische Sonnenstrahlen in der Tasche mitgebracht. Ich habe Durst!« Unterwegs tranken sie etwas Moët am Buffet. Alma liebte Sekt. Er stand ihr gut, fand sie. Sie trank unvorsichtigerweise ein zweites Glas. Olaf zeichnete mit seinem Blick verliebt die Form ihres Mundes nach. Ihr helles Haar moussierte auch wie Champagner. Und um die großen, je nach der Jahreszeit mit Lavendel, Enzian oder Ehrenpreis gefärbten Augen standen strahlenförmig, mit Rimmel gesteift und geschwärzt, beinahe anderthalb Zentimeter lange Wimpern. Das gab ihr etwas Puppenhaftes. Olaf hätte gerne mit ihr gespielt, aber die Puppe wollte geheiratet werden.

»O, der Fetisch rührt sich«, rief Annette.

Der Neger, der bisher steif vor dem Buffet gestanden, machte Miene, fortzugehen.

»Schnell, schnell, Olaf!« drängte Alma.

Sie schritten auf den Schwarzen zu. Mit einer höflichen und doch zugleich unbewußt verächtlichen Gebärde schob Olaf seine helle Hand in die dunkle.

»Erlauben Sie, daß ich vorstelle: Jupiter Djilbuti, Kabinettschef im Kolonialministerium, Fräulein Alma Valery, Fräulein Annette Martin.«

Der Neger machte eine elegante, etwas eitle Verbeugung. Er schien Parkette gewohnt zu sein. Alma, die bisher geglaubt hatte, alle Neger sähen sich ähnlich, bemerkte doch sofort, daß dieses Gesicht nicht aus dem gewöhnlichen dunklen Ton geknetet war, wie das der Grooms, afrikanischen Boxer und Schuhputzer. Sie hatte die Neger immer nur als Masse gesehen. Es gab also Individualitäten unter ihnen? Dieser hier sah aus wie einer der heiligen drei Könige, ein biblischer Prophet oder ein Pharaone. Pharao im Frack! Freilich, der konventionelle Schwalbenschwanz paßte schlecht zu den hohen, fast ägyptischen Schultern. Er hatte einen feinen, dünnen Hals und nicht den mächtigen Stiernacken, den sklavisches Lastentragen durch Jahrhunderte hindurch an vielen Negerstämmen gezüchtet hat. Die Stirn war stolz und fliehend wie das Kinn, die Nase gerade, und nur die etwas wilden Nasenlöcher bogen sich leicht orientalisch, wie man es häufig bei Indern sieht. Die Augenlider waren viel dicker als die Lider der Weißen und sprangen etwas über die Augen hervor, ganz pharaonisch. Die Ohren saßen hoch oben und lehnten sich fast an den Kopf an. Und der violette Mund war gar nicht aufgeworfen, sondern zeigte nur eine leidenschaftliche Kurve. Die Augäpfel glänzten in dem dunklen Gesicht, glitzernde Brillanten. Aber das Haar erinnerte Alma an die Füllung von Matratzen. Dieses unzähmbare, gekreppte Roßhaar glich leider allzusehr einem Tintenwischer, mit dem sie als Kind die Federn gereinigt hatte. Der Neger bemerkte die Veränderung in Almas Gesicht, dessen leiser Spott einer interessierten Neugierde Platz gemacht hatte. O, er kannte sie, die Neugier der weißen Frauen! Ein leichtes Lachen zog die violetten Lippen auseinander. Die Spitze seiner Zunge, die dabei zum Vorschein kam, war rot. Wirklich, sie war rot, ganz normal! Alma begriff gar nicht, warum sie sich darüber so freute. Also war er doch nur außen angestrichen!

»Ich habe gewonnen, Alma!« kicherte Annette. Alma war taktvoll genug, nach innen, nicht nach außen zu lachen. Jupiter wählte inzwischen die bequemste Frage, um sie von ihren Begleitern zu isolieren.

»Tanzen gnädiges Fräulein?«

Alma errötete. Die Herde ihrer dunklen Gedanken stob auseinander. Sie schielte zu Olaf hin.

»Danke, nein!«

Die zwei schwarzen Augen bedeckten sich mit einem noch schwärzeren Trauerflor, und Alma errötete, bis sie ein Rot erreicht hatte, das nicht mehr zu steigern war. »Doch, vielleicht tanze ich, wenn Sie wollen, ja?« Sie schämte sich ihrer Scham. Dummes Vorurteil, eine Frage des Pigments. Seine zufällige weiße Haut gab Olaf doch nicht das Recht, verächtlich auf den andern herabzusehen. Übrigens war es ganz pikant, einmal mit so einem Neger zu tanzen. Trotzig schob sie sich in seine Arme. Sie hatte solche Angst vor seinen ersten Worten, daß sie schnell frug:

»Was ist das, Pöhl?«

Sie sprach es falsch aus.

»Peuhl«, korrigierte er dozierend, »heißt ›Roter Mann‹,

denn wir sind eine Mischung aus Weißen und Schwarzen. Eine Verschmelzung ägyptischen, assyrischen, semitischen, maurischen, syrischen, Araber- und Berberblutes. Man sagt, wir seien vom Atlas heruntergekommen, von wo uns die Muselmanen vertrieben hatten, oder auch wir stammten aus Ägypten, mit unsern viereckigen Schultern. Andere Forscher verlegen unsere Herkunft ans Rote Meer, daher der semitische Einschlag. Wir selbst behaupten, vom Sudan zu sein. Aber das kann Sie wahrhaftig nicht interessieren! Sie sehen doch keinen Unterschied! Europäer halten ebensowenig zwei Schwarze wie zwei Spatzen auseinander.«

»O doch«, beteuerte Alma. »Man kann doch auch ein Rassepferd von einem Droschkengaul unterscheiden.«

»Ein hübscher Vergleich!«

»O«, lachte sie, »ich meinte es ganz anders.«

Sie konnte ihm doch nicht sagen, daß er ihr wie ein Prinz aus Tausend und eine Nacht vorkam. Das war also auch Lüge, daß die Neger einen besonderen, unangenehmen Geruch hatten; sie lag jetzt an seiner Brust und strengte sich an, so intensiv wie möglich zu riechen. Gewiß, er roch nach nichts. Oder, vielleicht nach Nelken oder Chokolade? Sie lachte plötzlich und blieb mitten in der Oktave des Gelächters stecken, aus Angst, ihn zu beleidigen.

»Was erheitert Sie denn so sehr?« fragte Jupiter, so nachlässig er nur konnte.

Sie schüttelte den Kopf. »Nichts, nichts.«

Hypersensibel, mißtrauisch wie alle Schwarzen, die zwischen den Weißen leben, zitterte er immer vor einer Anspielung auf seine Dunkelheit. Ja, es war bei ihm, dem feinnervigen Edelneger, schon beinahe krankhaft geworden, dieses Spüren nach Beleidigungen, dieses Herumschnuppern in der Luft nach Anspielungen. Neurasthenie der Erniedrigung. Er war empfindlich wie ein neugetaufter Jude, der sich einer Horde von Antisemiten assimilieren will. Als ob es für ihn, den Neger, jemals Assimilation gäbe! Er konnte wohl im Abendlande studieren, Ämter bekleiden, Sitten annehmen, er war doch nur geschminkt mit europäischer Kultur, sie ging ihm nicht ins Blut hinein. Irgendwo blieb er ein Wilder, ein Heide, ein Kannibale. Wie sie ihn beschnuppert hatte, diese blonde Frau! O, seine fünf Sinne waren noch animalisch stark, er hatte es beinahe gehört, wie sie die Nasenflügel auftat, um wie ein junger Hase seinen Geruch einzuziehen. Ein Neger stank doch, nicht wahr? Ein Neger wusch sich doch nicht! Als ob sie sich wüschen, die Weißen, diese unappetitlichen Tiere. Er hätte einmal auf einem Boulevard ihre Füße kontrollieren mögen! Wo wurde einem übler, in der Untergrundbahn oder in einer Versammlung bei ihm zu Hause? Übrigens, sie roch sehr gut, diese blonde Frau. Sie war in kein Parfum gehüllt wie die andern Pariserinnen, die keinen Mut zu ihrem eigenen Geruch haben. Sie roch blau. Es machte ihn schwindlig, dieses helle, fast schwefelgelbe Haar. Und die Augen! Kornblumen in einem Weizenfeld! Er mußte neben ihr noch dunkler aussehen als gewöhnlich. Unwillkürlich entfuhr ihm ein halber Seufzer. Alma sah auf, aber sein Gesicht war schon wieder eine Maske, eine jener undurchdringlichen Negermasken, wie sie echt oder imitiert heute bei den Kunsthändlern von den Snobs verlangt werden.

Ach, was hatte er nicht alles versucht, um heller zu werden! Als er noch ein kleiner Junge war, hatte ihm der Senegalese, den sie als Bedienten hatten, einmal gesagt: »Stelle dich in den Regen!« Und er stellte sich in den Regen. In alle Regen, die es je gegeben hatte zwischen seinem achten und fünfzehnten Jahre, hatte er sich gestellt. In den feinen, zärtlichen Landregen, in den plötzlichen eiskalten Platzregen, in den Wolkenbruch, der über einen warmen Sommertag kommt wie eine Ohrfeige, und in den eifrigen Tropenregen, der wie Manna auf die hungrige Erde und in die vertrockneten Lungen der Pflanzen fällt. Er kannte alle Nuancen des Regens. Einige Tropfen auf der Haut, und beinahe bestimmte er danach den Breitengrad, auf dem sie sich gerade befanden. Er hatte es soweit getrieben, daß ihm eines Tages der Regen das Fieber in die glühende Haut hineingejagt, und er mit einer schweren Lungenentzündung zwischen Leben und Tod gehangen hatte. Zwischen Schwarzbleiben oder Weißwerden. Aber damals – er war gerade fünfzehn Jahre geworden – quälte ihn mitten im Fieber die entsetzliche Vorstellung, daß es auch schwarze Engel gäbe, daß ihm nicht einmal das Sterben etwas nützen würde. Und da hatte er sich gewehrt. Seine Mutter hatte ihm ein N'Kissi um den Hals gehängt, den Fetisch ihres Heimatdorfes, der selbst gegen den Tod feite. Seitdem trug er es auf der Haut, dieses spitze, stachlige Amulett. Es hatte ihm mit der Zeit eine tiefe Narbe ins Fleisch gedrückt und lag in dieser Narbe gebettet wie im seidenen Polster eines Schmuckkästchens. Im Grunde war es nichts weiter als ein Stückchen Knochen von irgendeinem heiligen Tier. Für die Neger hat ein Fragment denselben Wert und die gleiche Macht wie der ganze Körper, von dem es stammt. Ein Stück Rinde hat die Macht des Strauches oder Baumes, von dem sie gebrochen ist, ein Stückchen Tierhaut die Kraft des ganzen Tieres, ein Löwenknochen gibt Löwenmut, ein Splitter vom Totenschädel eines großen Mannes übermittelt dessen Qualitäten auf seinen Träger, einige Stacheln eines Kaktus, auf der Haut verwahrt, machen einen unangreifbar. Jupiters Talisman stammte von Bamako, dem größten Magier aus dem Stamme der Peuhl, und solange er ihn trug, war er unverwundbar. Ja, dieses Gris-Gris schützte einen vor der Rache der erzürnten Geister toter Ahnen, vor dem Verhexen und Verzaubern seiner Feinde, mit ihm machte man Karriere und konnte man die Liebe einer Frau gewinnen.

Wenngleich ein sozusagen aufgeklärter, äußerlich katholisch gewordener Neger, neigte Jupiter wie alle seines Stammes zum primitivsten Aberglauben. Die Liebe einer Frau gewinnen! Etwas fester noch drückte er Alma an sich. Sie empfand ein Stechen an der Brust, beinahe Schmerz. Gewiß hatte sie zuviel Sekt getrunken! Es wurde ihr ein wenig dunkel vor Augen, aber sie achtete nicht darauf. Er tanzte wie ein ganz großer Tänzer, ein schwarzer Nijinski. Seine Füße federten. Wie plump erschienen ihr dagegen die Europäer? Freilich, das war ihm eingeboren. Alma hatte kürzlich im Kino Häuptlinge aus dem Stamme der Bambara tanzen sehen, den Dreitage- und Dreinächtetanz. Wie kam Jupiter unter sie? Nackt, nur etwas Bast um die Lenden, rot tätowiert und bemalt, riesige Federn im gesträubten Haar und um den Hals eine Kette aus Menschenzähnen. Er schlug auf einer Trommel das übliche kriegerische Tam-Tam der Neger, aber nicht mit den Fingern, wie gewöhnlich, sondern mit zwei Klöppeln aus Elfenbein, die nichts anderes waren als zwei lange Knochen. Alma erkannte zitternd die in afrikanischer Glut getrockneten Knochen ihrer eigenen Arme. Jupiter ließ die Trommel fallen, sie rollte erst langsam, dann immer schneller von einem Dorfe der Peuhl zum andern, von Djibo nach Gorubi, über den Niger hinweg bis Sokoto, zurück über die Rote und die Schwarze Volta bis zu den Peuhls von Pita und Koin. Von den Peuhls zu den Tukuleurs, von den Tukuleurs zu den Sarakolles, von den Sarakolles zu den Nimadis, von den Nimadis zu den Bantus, von den Bantus zu den Uolofs und von den Uolofs mitten hinein ins Senegal. In Dakar erwarteten sie schon tausend andere Trommeln. Almas Knochen vervielfältigten sich und schlugen das kriegerische Tam-Tam, und das Tam-Tam schwoll an zu einem Zyklon von Geräusch bis hinüber zum Atlantischen Ozean und trommelte Amerika wach. Da setzte sich Jupiter eine böse Holzmaske auf, nahm den geschnitzten Schild mit den Skulpturen aus Messing in die linke Hand, einen vergifteten Dolch in die Rechte und tanzte solo den Kriegstanz über den Ländern der Weißen. Er ritzte sich Zeichen ins Gesicht, sein Blut tropfte herunter und wurde zu Mohnblumen. Er tanzte von Wolke zu Wolke, Glocken, Muscheln und Schellen um seine Füße rasselten und sprangen ab wie Hagelkörner, und mit dem Dolch schnitt er den Himmel in große blaue Stücke und warf sie über alle Bleichgesichter, um sie zu ersticken.

Alma schnappte nach Luft. Sie griff sich mit der Hand an den Hals und sah sich in einem der kleinen Salons der Gesandtschaft sitzen. Das Tam-Tam war zum Jazz-Band geworden, das höflich und diskret hereinsickerte. Über sie neigte sich mit einer Eau-de-Cologne-Flasche in der Hand Jupiter im Frack, mit tadelloser Krawatte und tadelloser Haltung. Nur sein schwarzes Gesicht war ein wenig in Unordnung geraten. Olaf beugte sich blond und doppelt blaß, weil er neben dem Neger stand, von der andern Seite über sie, mit einem Glas Sekt in der Hand. Annette und mehrere Damen der Gesandtschaft umringten sie, und der Gesandte kam selbst herein, um sich nach ihrem Befinden zu erkundigen.

Alma lächelte schon wieder: »Es ist nichts, es war mir nur ein wenig schwarz vor Augen geworden.«

Alles lachte. Olaf stand schief und steif da und verzog das Gesicht. Er ärgerte sich über seine Eifersucht; als ob man auf einen Neger eifersüchtig sein könnte! Jupiter schüttete auf eine Serviette etwas Kölnisches Wasser. Sie sah, wie seine Finger dabei zitterten.

»Erlauben Sie?«

Sie nickte.

Mit seinen geübten Händen massierte er ihre Schläfe. »Sie sind ja ein ausgezeichneter Heilkünstler!« Sie fühlte sich wieder ganz frisch. »Wir haben etwas zu lange getanzt. Er tanzt so gut«, sagte sie zu den Freundinnen.

»Habe ich zu wild getanzt?« fragte er erschreckt. Alma errötete sehr. Sie dachte an ihren Traum. »Nein, sehr europäisch. Sie sind gar kein echter Afrikaner mehr.« Sie sagte Afrikaner. Wie zart es von ihr war, immer das Wort Neger zu umgehen. Es tat ihm so wohl wie einem Juden, zu dem man Israelit sagt anstatt Jude.

Olaf bat herausfordernd Annette um den nächsten Tanz. Wenn Alma sich weiter mit dem Neger kompromittieren wollte, er konnte sich das nicht länger mit ansehen. Er hatte den dem nordischen Menschen eingeborenen unüberwindlichen Widerwillen vor der dunklen Rasse. Gewiß hätte er sich nicht einmal erklären können, warum, es lag ihm im Blut. Aber daß sich Alma soviel vergab! Freilich, sie war nur mütterlicherseits Schwedin. Ihr verstorbener Vater war Franzose gewesen, und die Franzosen mit ihren falschen Gleichberechtigungsideen waren zu tolerant und human mit dieser dunklen Brut. Die Amerikaner hatten sie auf die richtige soziale Stufe heruntergedrückt, wo sie hingehörten. Nur in Frankreich konnte so ein schwarzer Geselle Karriere machen, Gouverneur oder gar Staatssekretär werden! Saß er nicht schon im Vorzimmer des Ministers?

Die naive Hysterie des Jazz-Band steckte jetzt den ganzen Salon an. Olaf gab Annette den Arm. Er dachte nicht daran, daß auch er sich dem erotischen Rhythmus eines Volkes unterwarf, das die Synkopen seines Aktes für fünf Weltteile in Musik umgesetzt hatte. Eines Volkes, das er in allen Punkten als minderwertig betrachtete.

Jupiter liebkoste einen Augenblick lang mit seiner schwarzen Hand die Stelle des Frackhemdes, unter der das Amulett verborgen war. Seine dunkle Hand ließ auf dem allzuweißen Hemd einen leichten Fingerabdruck zurück.

2. Kapitel

Alma hatte ihm versprochen, ihn in seinem Arbeitszimmer im Ministerium zu besuchen. Er erwartete, daß sein pompöses Kabinett großen Eindruck auf sie machen würde. Er wollte den ganzen Apparat aufbieten, um ihr zu imponieren. Hier spielte seine Farbe keine Rolle mehr, nur noch sein Titel. Da waren die Bedienten mit silbernen Ketten um den Hals und roten Westen, und mit ihren Amtsmienen, die alle wie Wegweiser auf ihn deuteten. Da war die mit Kork gefütterte Türe aller Ministerien, die einen von der Welt isolierte und hinter der man Dinge sagen und tun konnte, die niemand imstande war, zu erhorchen. Wenn er auf einen braunen Knopf drückte, sprang sein Sekretär aus dem Boden heraus und wartete, bis es ihm einfiel, ihn anzusehen. Drückte er auf einen gelben Knopf, so erschien unterwürfig ein Schwarzer in Uniform, und drückte er auf einen roten, so stand sein Bureauchef, ein Weißer, vor ihm und dienerte mit seinem ganzen Gesicht. Er konnte an alle Ministerien telephonieren und ihr zeigen, daß er mit allen Unterstaatssekretären auf Du stand und von ihrem Rang war. Noch mehr! Hier gesellte sich zum Ehrgeiz des Mannes, sich vor der Frau, die er begehrt, in Positur zu setzen, die kindische primitive Eitelkeit des Negers, der stolz darauf war, zu den wenigen zu gehören, die in Europa ihren Weg gemacht hatten. Ja, selbst die amtliche telephonische Unterredung mit einem Minister hatte er für den Tag ihres Besuchs aufgespart, damit sie von seiner Bedeutung einen gehörigen Begriff bekam. Dieser Tag war ein Dienstag.

Ja, obwohl es nur ein Dienstag war, kam sie. Zuerst, als man sie meldete, fiel er wic gelähmt in den Sessel. Als ob vom Ballabend bis heute ein halbes Jahrhundert vergangen, als ob er inzwischen ein alter Mann geworden wäre.

Jetzt erst merkte er, wie sehr er gewartet hatte. Jeder Anruf, jedes Klopfen an der Tür, jeder echte und imaginäre Laut, den er durch die Gänge zu vernehmen geglaubt, hatte ihn langsam erschöpft. Jede Schallwelle, die sich zu ihm hereingeschlichen, hatte je nach ihrer Intensität den Grad seines Fiebers steigen oder fallen lassen. Er hatte sein Gehör verflucht, dieses Gehör eines Jagdhundes, das ihm die Geräusche der halben Stadt ins Gehirn leitete. Welche Müdigkeit in seinen Zehen! Wie nach einer ganz großen Inspektionsreise aus einem Bezirk in den andern durch die Tropenglut seiner Heimat. Dann machte die Schlaffheit einer unbeschreiblichen Nervosität, einer inneren Panik Platz. Er warf die sämtlichen Papiere, die sonst auf seinem Diplomatenschreibtisch so pedantisch eines über dem andern geschichtet waren, daß keines auch nur einen Millimeter über das andere hervorsah, kopflos durcheinander. Was kümmerten ihn jetzt noch die »Akten betreffend den Mord von zwei weißen Beamten in Kissi«, das neue »Reglement über das Aufgebot der Kolonialtruppen«, die »Besteuerung der Kopra« oder die »Schonzeit der Schimpansen«; es wurde ihm blond vor Augen. Getreidefelder wogten um ihn herum, und Kornblumen wuchsen aus den Tapeten.

Er wollte auf alle Knöpfe zugleich drücken. Den roten, den gelben und den blauen, bis er sich erinnerte, daß er gar keinen blauen Knopf hatte. Er berührte den Automaten. Der Diener fiel senkrecht in die Tür herein. »Lassen Sie die Dame einen Augenblick im Vorzimmer warten! Halt! Öffnen Sie doch das Fenster, damit es nicht nach altem Rauch riecht!«

Er riß selbst die hohen Bogenfenster seines Kabinetts auf, zog aus seinem Schreibtisch einen Zerstäuber hervor und verspritzte dessen Inhalt durch das Zimmer. Ein Europäer hätte zuerst an die Ästhetik des Raumes gedacht, in dem er eine Frau empfängt. Bei dem Neger entschied die stärker als alles andere entwickelte Nase. Der Gedanke, daß ein besonderer Geruch, ohne daß er selbst es witterte, sich dem Raum, den Fauteuils, den Samtdrapieren und Teppichen imprägniert haben könnte, machte ihn einen Augenblick lang schwach und hilflos. Dann zitierte er laut einen Satz von Virgil: Ab Jove principium.* Er vergaß auch jetzt nicht sein Steckenpferd, seine Zitierwut. Er trat ans Fenster und zog langsam geschlossenen Mundes durch die Nüstern den Sauerstoff in sich. Das war seine Methode, willensstark zu werden. Die Methode der Naturvölker. Was wußten die elenden Europäer von der Kunst des Atmens! Schon manchmal hatte er den Sieg davongetragen, weil er besser zu atmen verstanden hatte, als so ein lungenschwacher Weißer. Er hatte ihn zu Boden geatmet mit seinen breiteren Nasenlöchern. Diese Stubenhocker, mit ihren verkrümmten Wirbelsäulen, mit ihren Skoliosen, die sie sich schon über den Schulbüchern holen! Sein Rückgrat bildete kein S, wie das der guten Hälfte der sogenannten zivilisierten Menschheit. Das seinige stand wirklich wie eine Säule aufrecht in seinem Rücken. Die einzelnen Wirbel traten nicht verbogen heraus. Mit so einer Wirbelsäule mußte man auch die blondeste Frau erobern. Er ging zum Schreibtisch und drückte energisch auf einen der Knöpfe. »Lassen Sie eintreten.«

Noch überlegte er: sollte er eine der Negerplastiken von seiner Bibliothek entfernen? Vielleicht beleidigte sie die Statuette. Man konnte nie wissen bei einer Rasse, deren puritanische Erziehung die ursprünglichsten, reinsten Instinkte verdrängte. Die Figur war zwar ein hochwertiges Kunstwerk, um das sich schon manches Museum bemüht hatte. Erotik in eine objektive, plastische Form gedrängt. Der übermenschliche, unpersönliche Ausdruck des idealisierten Gesichts, die stilisierten, skrofulös wirkenden Arme und Beine, der lange, nichts enthaltende Leib, alles drängte auf einen monumentalen, in

* Aller Anfang liegt bei Jupiter.

keinem Verhältnis zu den anderen Gliedern stehenden Mittelpunkt zu, der wie der holzgewordene Bogen eines Springbrunnens aus dem Körper heraussprang: auf den Phallus. Er nahm den Fetisch aus glänzendem schwarzem Holz und sperrte ihn weg.

»Guten Tag! O, wie herrlich das hier riecht! Warten Sie, das riecht nach ...« Sie suchte.

»Natürlich, nach Narcisse Noir?«

»Was für eine Luxusnase, sich so in allen Parfüms auszukennen«, lachte er, »es ist in der Tat ›Schwarzer Narziß‹ aus der Rue de la Paix.«

»Ein kleidsameres Parfüm konnten Sie nicht wählen«, scherzte sie.

»Finden Sie?« Er war geschmeichelt und lachte so echt, daß er die Zähne so weit wie noch nie entblößte.

Ein Mustergebiß, dachte Alma. Sie stellte ferner fest, daß das mit rotem Brokat ausgeschlagene Zimmer Jupiter kostbar einrahmte. Man dachte an ein Bild von Tizian oder Giorgione. Jupiter wirkte heute braun, gar nicht schwarz. Denn er hatte wie ein geschickter Regisseur die Samtportieren zusammengezogen, um nicht zuviel Tageslicht in den Raum hineinzulassen. Sie bewunderte seinen Gang, der sicher von ebenso vollendeten Bogen der Füße herrührte, wie man sie auf den Gemälden von Botticelli sah. Vor allem aber war es ihr ein Genuß, dem Spiel seiner Hände zuzusehen, diesen adligen, sehr langen, im Vergleich zu seinem dunklen Gesicht zimtfarbenen Händen, die wie Tänzer alle seine Worte begleiteten. Diese übermäßig schmalen Hände schienen geradezu ein Ballett vor ihr aufzuführen. Neugierig sah sie auf die rosigen Nägel daran, und das fast helle Handinnere. Sie ahnte nicht, in wieviel Zitronen Jupiter seine ganze Jugend hindurch seine Hand gebadet hatte, um sie zu bleichen, um sie zu zwingen, weißer zu werden, um den Spottruf seiner Schulkameraden, »Die schwarze Hand«, Lügen strafen zu können.

Er stand vor seinem Schreibtisch und überlegte. Dort hinten saß sie blühend und blond wie eine junge Oase. Er sah durch ihr Kleid hindurch ihre zwei unreifen Apfelbrüstchen. Zwischen ihm und ihr hing die Karte von Afrika. Der ganze heiße Weltteil trennte ihn von seiner Liebe. War es wirklich so weit bis zu ihr? Ein Europäer hätte sich ihr vielleicht jetzt genähert, er aber pflückte den schwarzen Kontinent, der die Form einer Birne hatte, und warf ihn ihr zu. Mit seiner Erde würde er sie gewinnen. Er trat vor die Karte.

»Wollen Sie sehen, wo ich geboren bin?«

Sie ging zu ihm. »Hier, in Französisch-Guinea. Mein Vater war König von Timbo.«

Alma lachte: »Alle Afrikaner in Europa sind Prinzen!«

»Vielleicht werde ich einmal die Ehre haben, Sie in meine Heimat führen zu dürfen. Dann wird man Ihnen das Königsgrab meines Vater zeigen, in dem seine Mumie aufrecht sitzt mit Goldstaub auf Augen und Mund.«

»Worüber regierte denn Ihr Vater«, versuchte sie zu spotten. Aber ein Kronprinz, selbst wenn er schwarz ist, imponiert immer.

»Über alle Peuhl.« Er fuhr auf der Landkarte hin und her, als gehörten ihm sämtliche Kolonien.

»In der Guinea, in Darfur, in Uadai, in Barnut, in Sangarari, Massina und Senegambien, auf den beiden Ufern des Kuara, am unteren Niger, von Niffe bis zum Juriba.« Die Phantasie des Negers verleitet ihn zur Lüge. Auch Jupiter log so echt, daß er es selbst oft gar nicht merkte. Er war überzeugt, daß sein Vater nicht nur einmal ein kleiner Fürst von Timbo gewesen war, mit einem Strohhut auf dem Kopf als Diadem, sondern Kaiser von Afrika. Seine Sicherheit verfehlte auch ihren Eindruck auf die romantische Alma nicht. Exotische Ländernamen entzünden europäische Mädchengehirne. »Ich möchte dort hinfahren«, rief sie aus. Darauf hatte er nur gewartet.

»O, wenn Sie wollten? Sie werden in die Urwälder eintreten über die zweimeterlangen Brautschleppen weißer Pfauen, Sie werden unter dem Schildpattzelt einer Riesenschildkröte schlafen, Prinzessin! Die vier Winde werden sich Ihnen wedelnd zu Füßen legen: der ägyptische Khamsin, der brennende Sirocco, der glühende Chume und der verliebte Harmattan aus meiner Heimat. Jeder Kolibri singt in der Farbe seiner Federn. Wenn es heiß ist, lassen die Paradiesvögel ihre Reiher wie gelbe und braune Wasserfälle um Ihre Schultern fallen, und wenn Sturm kommt, sitzen Tausende von wilden Papageien wie ein Gitter auf den Zweigen, damit Sie den drohenden, gummifarbenen Himmel nicht sehen können. Die Halsbandeidechsen legen sich um Ihren Hals und öffnen die Kragen, um Sie vor dem Regen zu schützen.«

Er nahm begeistert ihre Hand.

»Da ist Lotos in allen Farben, groß wie die Bassins von Springbrunnen. Kokosnüsse hängen an den Bäumen, braune Ballons, die gerne dem Gesetz der Schwerkraft trotzen und davonfliegen möchten. Der Mangobaum wirft schon seine Purpurblumen herunter und beeilt sich, seine goldgelben Früchte zu bekommen. Er möchte so gerne um Ihretwillen, Prinzessin, zweimal im Jahre blühen. Wie der Kakaobaum voll großer weißer Blumen mit den roten Herzen, wie die kleinen gelben Blumen des Kaffeebaums, wie die dunkelrote Muskatnuß, die weißen Federn des Zimtrohrs, die eigelben Blüten der Gewürznelken und die blaue Blume der Vanille, die wie ein Akrobat hinaufklettert, bis in den Himmel, und von Menschen künstlich befruchtet werden muß, weil sie zu keusch ist, es selbst zu tun. Und die Verführungen der Orchideen, in allen Tönen lockend, Trapeze und Hängematten aus Malven, von Gummibaum zu Dattelbaum über die violetten Köpfe der Rieseniris hinweg. Von einem Ufer zum andern wachsen unter Ihrer Berührung Brücken aus Lianen und schämen sich, nicht so weiß zu sein wie Ihre Zehen.«

Jetzt ist auch ihre zweite Hand willig, dachte er und nahm sie in die seine. Alma hing an seinem Mund wie ein Kind, dem man ein buntes Märchen erzählt. »Am Morgen wehen große Schmetterlinge wie Fahnen um die Fenster, betäubender Geruch steigt aus den grünen Wasserkünsten des duftenden Farnkrauts. Am Morgen hört man nur die Farben und die Düfte schreien. Aber am Abend spielt der Wind in den Flöten der Vögel, Elephanten tuten auf ihren Kindertrompeten, blaue Pfauen schreien wie verwundete Frauen, in den stöhnenden Sykomoren steigen die Tränen wie in Thermometern.«

Alma saß schon längst in dem schwarzen Onyx seiner Augen gefangen. Wenn er so weiter erzählt, wird sie zur blonden Nymphe werden, die einmal ein Forscher versteint im tropischen Urwald entdecken mag.

Sie ist entzückt von seiner Dichtung. Sie sagt es ihm: »Wenn man liebt, ist man immer ein Dichter.«

Sie wird sehr rot und er sehr schwarz, oder es kommt ihr wenigstens so vor. Schnell flüchtet er wieder ins Zimmer zurück, wie ein ängstliches Tier, das sich zu weit vorgewagt hat.

»Und schmale Palmen wiegen sich in den violetten Hüften und nehmen die Huldigungen der Kletterrosen, die zu ihren Knien hinaufrutschen, spröde entgegen. Mutterpalmen voll gelber Traubengehänge gleich goldenen Ohrringen, und alte Palmengroßväter mit dicken, schuppigen, grauen Plattfüßen. Aber, da sind die Früchte. Orgien von Früchten, von so revolutionärem Rot wie Ihr Mund, Alma.« Sie drückt seine Hand. Sie hat Lust bekommen, in dieser heißen Szenerie mitzuspielen. Er sieht lange auf ihren Mund, und sie wartet.

Aber an den beiden Händen hält er sie, so weit er kann, von sich ab.

»... Ein schwarzer Mann stiehlt nichts an einer Frau«, sagt er berechnend. Alma ist verliebt. Ob in sich oder in ihn, das kann sie nicht so recht unterscheiden. Sie ist erst achtzehn Jahre alt. Sie nimmt an, in ihn. Ja, sie wird ihn Juju nennen, weil er sie darum bittet. Juju ist der Name, bei dem ihn seine Heimat ruft. Sonntag wird er zu ihnen kommen. Er küßt ihr lange und feierlich die Hand, während er sie zur Türe begleitet. Er legt sein Ohr ans Schlüsselloch, um die Synkopen ihrer sich entfernenden Schritte darin zu sammeln. Ach, er möchte die Reste des Geruches aufheben, die von ihr zurückgeblieben sind. Er berührt das Amulett Bamakos und breitet die Arme schwingend aus wie ein Vogel, die Geste des betenden Negers. O, nun hatte er ihr das Telephongespräch mit dem Minister nicht vorgespielt!

3. Kapitel

Er betrachtete sich zärtlich im Spiegel des Autos. So war doch das Wort Bamakos, des großen Zauberers von Timbo, wahr geworden: »Juju, der Dienstag liebt dich mehr als alle andern Tage.«

Er segnete den Dienstag, er hätte ihm gerne einen Tempel erbaut, dem Gotte Dienstag. Warum aber hatte er nicht auf den Magier gehört und auch den Besuch bei der Mutter auf einen Dienstag verlegt? Als ob man europäischen Bürgern eine Visite an einem anderen Tag als an einem Sonntag machen konnte! Diesem Tag der Dummheit in Hemdsärmeln. Er schob seine Aufregung und Furcht auf den Sonntag. Er war nicht komischer als jene weißen Neger, die ein Freitag, der gerade auf einen dreizehnten fällt, zu Heiden macht, und denen: Spinne am Morgen Kummer und Sorgen bedeutet. Und nagelt man in Mecklenburg nicht Sargnägel in die Fußspuren des flüchtigen Diebes, damit er sterben solle? Über den Neger natürlich lacht man, der lange Nägel in seine Fetische schlägt, von denen jeder eine eiserne Notwendigkeit ist! Ah, die Weißen! Er wollte sich nicht eingestehen, daß diese Unsicherheit ihn immer überfiel, wenn alles von seiner Farbe abhing. Wer hätte auch von ihm, der nie an sich zweifelte, der sich in maßloser Selbstvergötterung gefiel, der immer nur wie jener Pedant Molières bei sich selbst schwor: Per Jovem*, die komplizierteste aller Menschenkenntnisse verlangen dürfen, sich selbst zu durchschauen? Auf der Kinderstufe innerer Entwicklung, auf der er sich noch befand, war es schon bewundernswert, daß die Fehler der Weißen und andersfarbiger Menschenrassen bei ihm zu so meisterhafter Vollkommenheit ausgebildet waren.

* Beim Jupiter!

Er log phantasievoll und doch durchsichtig. Nicht wie ein Taschenkünstler der Lüge, dem man nichts nachweisen kann, sondern so, daß der amüsierte Zuhörer denken mußte: Aha, er lügt mir zuliebe. Er war herrschsüchtig wie nur ein entthronter Tyrann, der streberischste aller Streber, sonst aber von einer Gutmütigkeit, die sich leicht ausbeuten ließ. Und wenn er auch prahlte, wie nur die Abkömmlinge einer Rasse prahlen, die noch im Pubertätsstadium stecken geblieben sind, so hielten seinen Mängeln ebensoviel Vorzüge die Waage. Es war sein Ehrgeiz, zu den mondänen Erscheinungen gezählt zu werden, die im Pariser Stadtklatsch und in den Zeitungen von sich reden machen. Er trat in der Gesellschaft, bei Premieren und Jours fixes als schwarzer Salonpanther auf, immer ein klein wenig gefleckt von Lächerlichkeit, aber doch eine beliebte und dekorative Figur. Um überall mitreden zu können, bildete er sich an illustrierten Zeitschriften und Enzyklopädien, unterrichtete sich über Neuerscheinungen vor den Kiosken und Schaufenstern der Buchhandlungen und erriet mit dem Instinkt alles, was man wissen mußte, ohne daß er es erlernt oder erlesen hätte. Er. liebte die schweren, Vertiefung erfordernden Bücher nicht, er zog deren Vulgarisationen und leichte Volksausgaben vor, warf einen Blick hinein und den nächsten wieder heraus. Wozu sich anstrengen! Reflexionen, logische Turnübungen oder Abstraktionen lagen ihm fern, dafür ersetzten eingeborene Feinheit und Spürsinn, wie bei so vielen emigrierten Schwarzen, den Geist, und er verstand es geschickt, das Fehlen dieses Geistes durch ein zur rechten Zeit angebrachtes geistreiches Wort zu maskieren. Das konventionelle Halbwissen, unterstützt durch ein unfehlbares Gedächtnis, das ihm jederzeit das nötige Zitat aus einer pedantisch geordneten Vorratskammer lieferte, verbunden mit einer lyrischen Sentimentalität: das war der naive Weltmann Jupiter Djilbuti.

So war es auch nicht nur Liebe, was ihn heute um Alma werben ließ. Ein Neger attachiert sich nicht so leicht. Ehrgeiz und Eitelkeit spielten in dieser Passion, wenn auch unterbewußt, eine große Rolle. Den Weißen nicht ebenbürtig zu sein, das ist die ätzende Qual jedes ausgewanderten Schwarzen. Eine weiße Frau heiraten und damit in diese beneidete Rasse eingereiht werden, ein Traum, den er jährlich in 365 Episoden träumt.

Ein rücksichtsloser Ruck der vier Räder, und jedes der blonden Haare Almas verwandelte sich in ebensoviel blonde Blitze. Das Auto hielt vor der Nummer 110 des Boulevard Exelmans. Gottseidank, daß es eine gerade Nummer war. Gegen ungerade Zahlen hegte er immer tiefes Mißtrauen.

Jupiter atmete tief und stieg schnüffelnd die drei Treppen hinauf. Er bewertete die Vornehmheit eines Hauses nach dessen Geruch. Hier roch es, trotz aller Anstrengungen, es zu vertuschen, nach Chlor und Mittelstand. Neugierig folgte Jupiter einem lächerlichen, abgewetzten Plüschmuster, das in den Läufern bis zum zweiten Stock hinauflief. Ein frisch aufgebügeltes Dienstmädchen mit steifer weißer Schürze und Häubchen öffnete und sah ihn an, den aufgerissenen Mund mit Staunen gefüllt. Aus ihren katholischen Augen glänzte Ehrerbietung. An der Mimik der Dienstboten kann der Besucher fast immer ermessen, wie hoch oder wie tief er von ihren Herren eingeschätzt wird. Das Mädchen, das wohl ihm zu Ehren nach übermäßigem Gebrauch von Brennscheren roch, gab ihm sein hohes Bewußtsein von sich selbst, die Grandezza seiner »Kaiserlichen Hoheit« zurück.

Bleichsüchtige, etwas ärmliche Blumen waren auf die drei Vasen des Salons verteilt. Man sah sofort, daß sie für ihn gekauft worden waren. Dieser Salon wurde sonst nie benutzt. Kleinbürger haben immer so einen muffigen Raum, in den kein Luftzug dringt. Hier stagnierten die zwölf Monate mit ihren verschiedenen Gerüchen. Jupiter konnte beinahe die Blumen nennen, die da seit einem Jahr gestanden und verwelkt waren. Dieses billige Potpourri von Düften beruhigte ihn gänzlich. Er nahm sogar dem toten Herrn des Hauses gegenüber, der dort hinter Glas an der Wand hing, eine etwas arrogante Haltung ein. Er versuchte dessen Charakter nach der Photographie zu rekonstruieren, mit dem zu erkennenden zu engen Mund unter dem gefirnißten Bart, den polierten geizigen Augen, der Biedermannsnase und dem kleinlich angeklebten Haar. Von diesem französischen Citoyen, Behälter fertiger Meinungen und Vorurteile, hätte er Almas Hand nie und nimmer erhalten. »Per Jovem, nach dem Tod wird er schon einen Widerspruch vertragen!«

Und die Frau von diesem Klischee aller Rentner konnte kein allzugroßes Format haben.

»Mit Ihrer Witwe werde ich schon fertig werden«, sagte er zu dem Bild hinüber. Eine gealterte, etwas vergilbte Kopie Almas trat herein. Nur dasselbe blonde Haar, das weder von Zeit noch Sonne verschossen und als letzter Schmuck von der schwedischen Nationaltracht übriggeblieben war.

Jupiter verbeugte sich devot über die blonde Hand. Während er sie küßte, prüfte er sie daraufhin, ob sie gepflegt war. Nein, sogar ziemlich abgenutzt. Die Rente schien der immer teurer werdenden Zeit nicht gewachsen zu sein. Man variierte die üblichen Redensarten. Jupiter horchte nicht auf das, was sie sagte, sondern auf den Ton ihrer Stimme. Sie hatte den internationalen Klang aller Stimmen, die sich vor Geld bis zur Erde beugen. Er sah, wie die Bewunderung vor seinen Ländereien, Palästen und Untertanen, die sich inzwischen über Almas Erzählungen hinweg verdoppelt oder verdreifacht hatten, ihre Züge weiteten. Ihre blankgeputzten Hausfrauenzüge: eine Mischung aus blondem Lindenblütentee, Soda und Wäscheblau. Bei dieser von Durchschnittssorgen ausgelaugten Frau war die ausschlaggebende Farbe das Rosa seines Scheckbuches.

Er konnte ruhig vergessen, daß er schwarz war. Und mit autoritärer Stimme begann er zu reden. Aber wovon er auch sprach, sei es von Alma, von seiner Stellung, von dem verstorbenen Herrn Valery, jedes Wort war nur eine Reklame für ihn, Jupiter Djilbuti.

Er brauchte sich übrigens gar nicht so sehr anzustrengen. Die blasse Frau Valery lebte nur davon, die Bewegungen, Gesten und Worte ihrer Tochter verliebt nachzustenographieren. Und Alma, die Prinzessin werden wollte, hatte gesagt: »Er gefällt mir.« Frau Valery war eine von ihrer Tochter schlecht erzogene Mutter.

Noch an diesem Abend sandte Jupiter eine Notiz an das Organ der offiziellen Welt, den ›Figaro‹:

»Wie wir erfahren, hat sich der bekannte schwarze Prinz Jupiter Djilbuti, Kabinettschef im Kolonialministerium, Ritter der Ehrenlegion, mit Fräulein Alma Valery, Tochter des verstorbenen Ingenieurs Paul Valery, verlobt.«

4. Kapitel

Es war natürlich wieder ein Dienstag. Denn in Paris heiraten die Leute, die etwas auf sich halten, am Eingang der Woche. Der Dienstag wird am teuersten bezahlt. Der Donnerstag ist schon billiger. Der Sonnabend aber ist der Tag des Ausverkaufs der Gefühle. Er ist den proletarischen Ehen reserviert, mit dem Sonntag als Beigabe. Mit diesen Gründen war es Jupiter leicht geworden, seinen Dienstag durchzusetzen. Ja, es war nicht nur Dienstag, sondern auch Neumond. Und die Negerzauberer behaupten, das Glück einer Ehe sei nur gesichert, wenn sie im Neumond geschlossen wird. Aber alle Einwände Jupiters gegen eine kirchliche Trauung, ja sogar die beschämende Konzession, die er seiner Schwiegermutter machte, daß er sich gewiß komisch in einer Kirche ausnähme, waren an ihrem Bürgertum abgeprallt. Sie hatte ihm entgegnet, daß man in den italienischen Kirchen überall schwarze Madonnen sehe, und daß der dunkle unter den drei Weisen aus dem Morgenlande ein gewohnter Stammgast der Gotteshäuser sei.

Es war ein Dienstag im Mai. Die Römer verboten alle Ehen im Mai, als einem Unglücksmonat, dachte Jupiter, während er die glänzenden Lackstiefel in seiner Hand betrachtete. Seine Gedanken spiegelten sich darin, liefen auf dem dunklen Firnis wie eine Prozession langsam von der Ferse bis zur Spitze hinauf und herunter. Er sah in diesen etwas verzerrenden Reflektoren die bräutliche Alma wie ein weißes Feuerwerk, einen Wasserfall aus Tüll. Ein reiner, von jedem Bazillus der Erde sterilisierter Engel. Und daneben er, der schwarze Teufel aus der Unterwelt.

Er fühlte sich schwach werden und zog die Stiefel rasch an, indem er sich an einen Ausspruch Immanuel Kants erinnerte. Er war sehr stolz darauf, daß er sich daran erinnerte. Ja, er, Jupiter Djilbuti, hatte Kant gelesen oder vor sich so getan, als läse er ihn. Denn er hätte niemandem, am wenigsten sich selber, zugegeben, daß er ihn beim besten Willen nicht verstanden hatte. Philosophie, überhaupt abstraktes Denken, war wie gesagt nicht die Sache der Neger, bei denen schon die Vorstellung eines Gottes sofort konkrete Form annimmt und zur Holzfigur wird.

Aber sein glänzendes, pedantisch buchendes Gedächtnis lieferte ihm zur rechten Minute diesen Ausspruch Kants:

»Vorzüglich geneigt zur Furchtsamkeit ist man, wenn man sich im Negligé befindet. Sobald man sich aber angezogen, besonders, wenn man Stiefel anhat, fühlt man sich mutiger und stärker, den Gefahren entgegen zu gehen.«

Leider fielen ihm gleich darauf einige Sätze aus Bernardin de St.-Pierre ein:

»Ein Schwarz dem Weiß gegenüber gestellt ruft den denkbar traurigsten und härtesten Effekt hervor. Dieser Kontrast ist ein Zeichen der Trauer bei den meisten Nationen, wie sie ein Zeichen der Zerstörung in den Stürmen des Himmels und den Orkanen der Meere ist.«

Jupiter zitterte seit Wochen vor diesem Tag, vor dieser Nacht. Zum erstenmal sollte sich Alma bewußt werden, daß nicht nur sein Gesicht und seine Hände, daß sein Rücken, seine Brust, seine Schenkel eine einzige Finsternis waren. Sie hatte es sich gewiß noch nicht vorzustellen gewagt, daß er einen Körper, geschweige einen schwarzen Körper hatte. Vielleicht wird sie stutzen, sich fürchten, ihn fliehen und ihm für immer verloren sein?

Es ist so viel unterbewußte, eingeborene oder gezüchtete Abneigung in dieser privilegierten lichten Rasse, gegen seine eigene. Wäre nur erst diese Zeremonie vorüber!

Der Frack stand ihm gut. Ein erster Schneider vom Faubourg St. Honoré hatte seinen schlangenhaft schmalen Körper mit dem schwarzen Tuch nachmodelliert. Die rote Rosette der Ehrenlegion, die er für seine Arbeit: ›Der Segen der französischen Kolonisation‹ erhalten hatte, machte sich besser im Knopfloch als eine echte Blume. Nur der Zylinder, dieses Kulturdokument, dessen Komik man auf dem Kopf eines Europäers nicht mehr bemerkt, weil man daran gewohnt ist, wirkte geradezu grotesk auf seinem wolligen Haar. Ach, sein Haar! Er hätte freilich nach New York fahren, in einem der Salons von Lady Walker im Negerviertel Harlem eine Entkräuselungskur durchmachen können. Man hätte ihn hierauf in seinem entwellten Haar für einen Inder genommen. Aber leider nur auf vier Wochen, denn dann wuchs schon wieder der erste Zentimeter dieses verräterischen Trauerkrepps nach, im nächsten Monat ein zweiter, bis schließlich das unten strähnige, oben gelockte Haar aussah, als wäre es von einem Dorffriseur bis zur Hälfte auf feuchte Papilloten aufgewickelt worden. So wirkte seine Mähne wenigstens als eine Selbstverständlichkeit, man konnte sich einen Neger nicht anders vorstellen. Diese stilisierte Haube gehörte mit zur Ästhetik des Schwarzen.

Wie immer, wenn er das Problem seiner Farbe auf- und zurollte, seufzte er. Seine Finger schlüpften in die Glacéhandschuhe. Wie gut ihm weiße Hände standen! Ah, seine Kinder würden wenigstens hell werden, quittengelb.

Seine Kinder! So war ihm doch der brennende Wunsch aller Neger in Erfüllung gegangen: Eine Weiße heiraten! Seine Nachkommen von dem Brandmal des Farbigseins befreien! Freilich, es konnte wieder auftauchen, sich tükkisch in den Enkeln behaupten. Durch keine noch so andersrassige Beigabe ließ es sich besiegen, dieses teuflisch-rebellische Blut. In der dritten Generation noch verriet es vielleicht seinen Urenkel durch die kleinen Blutgefäße des gelblich-weißen Augapfels, durch die Fingernägel und Nasenlöcher und stieß ihn dahin zurück, wo er sich herausgeschlichen hatte.

»Ein Schwarz dem Weiß gegenübergestellt...« Verdammt, diese Turbine im Kopf! Vor was fürchtete er sich eigentlich? Vor den Photographen an der Kirche? Er war eine offizielle Persönlichkeit. Den Journalisten die pikante Aufnahme seiner Hochzeit vorenthalten, hätte ihn um eine gewisse Popularität bringen können, die er in verschiedenen Kreisen genoß. Auch schmeichelte es seinem Ehrgeiz, daß man am nächsten Morgen in allen Zeitungen lesen würde, der Minister X und der Gesandte Y hätten die mit großem Pomp gefeierte Hochzeit mit ihrer Anwesenheit beehrt: denn sowohl der Kolonialminister wie der schwedische Gesandte und zahlreiche andere Namen der diplomatischen Welt hatten ihr Kommen zugesagt. Sobald er an seine Stellung dachte, kehrte ihm sein Selbstvertrauen in erhöhtem, ja sogar reichlich übertriebenem Maße wieder zurück. Er nahm den »Schwarzen Narziß« und schüttete die halbe Flasche über sich aus. Holte eine Kristallbüchse und puderte sich mit einem eigens für ihn präparierten braunen Puder. Er ging noch einmal prüfend durch die Wohnung, die sie heute abend zum erstenmal empfangen sollte, gab Oali, dem schwarzen Kammerdiener, noch ein Kilo Aufträge und schritt dann stolz und gemessen in dem für diesen Tag vorgesehenen Gang die Stufen hinunter. Der Chauffeur salutierte, und Jupiter Djilbuti flog seinem Schicksal entgegen.

5. Kapitel

Die Beleuchtung war leider heute nicht sehr vorteilhaft für ihn. Die Sonne schien so hell sie konnte und machte aus dem Auto eine Vitrine für das Volk. Das stieß und drängte sich vor dem Eingang Nummer 110 des Boulevard Exelmans wie um den Schaukasten eines Wachsfigurenkabinettes, dem er wie eine Gestalt aus dem Panoptikum so unwirklich wie möglich entstieg. Die Neugier der Zuschauer machte einer leisen Heiterkeit Platz. Jupiter zitterte vor dieser Heiterkeit, nicht für sich, er war daran gewöhnt, aber für Alma, mit der zusammen er bisher die Straße immer aus diesem Grunde vermieden hatte. Und er betrachtete scheu diese Pforte aus Gelächter, durch die er überall wie durch einen karnevalistischen Triumphbogen hindurch mußte. Ein rotweißer Baldachin führte vor der Haustür auf die Straße hinaus. Kübel mit Lorbeerbäumen, die nach Chlor dufteten, schmückten den Eingang. Blumen längs der alten Plüschteppiche, die aus sinnlos gemusterten Läuferresten zusammengeflickt worden waren, damit sie bis in den dritten Stock reichten, markierten ein Fest. Aus der weitgeöffneten Haustüre fielen ihm – bildete er sich ein – Stücke von Konversationen entgegen: »Onkel Toms Hütte!« »Rouge et Noir!« Die ganze Pariser schwarze Kolonie kam ihm entgegen. Die Elite der Neger. Er hatte nicht umhin können, sie einzuladen, leider. Mit so wehmütiger Liebe Jupiter auch an seiner Rasse hing, so wenig stolz war er auf sie. Er vermied es, sich in vermehrter Auflage sehen zu lassen. Für die Weißen war jeder Schwarze ein Kaffer. Sie unterschieden sein Gesicht nicht von dem eines andern, und so waren die zwanzig eingeladenen Schwarzen für sie nur immer derselbe Djilbuti en série. Bekannte gingen ihm entgegen. Er drückte die Hände, je nach der Wichtigkeit, die sie für ihn hatten. Die Photographen von ›Excelsior‹, ›Vogue‹ und ›Femina‹ warteten schon mit silbernen riesigen Lichttulpen darauf, ihren Lesern morgen früh den mit Magnesium festgehaltenen Witz dieser Hochzeit bieten zu können. Paris amüsiert sich ja so gern auf Kosten der andern; nirgends auf der Welt wird mit soviel Grazie, epischem Talent und Feinheit ein Skandal, ein gesellschaftliches Ereignis oder ein fait divers stilistisch ausgebeutet.

Jupiter unterschied schon längst nicht mehr unter den Gesichtern. Er hatte noch die Geistesgegenwart gehabt, seine Schwiegermutter zu umarmen, dem Gesandten, dem Minister, drei Staatssekretären und einem Unterstaatssekretär die nach dem Zentimeter ausgemessene Verbeugung zu machen, dann verschwand alles vor ihm zu einer strahlenden Vision. Wie hell sie sein wird in ihren Schleiern! Seine silberne Turteltaube! Eine jener Kommuniantinnen von Zucker, die im Mai auf ihren Spitzensockeln aus Biscuit de Sèvres in den Schaufenstern der französischen Konditoreien ihre unschuldigen Gesichter feilbieten. Kleine Volkskunstwerke von irgendeinem Zöllner Rousseau. Wie ein von innen erleuchteter bräutlicher Mannequin würde Alma auf solch einem Piedestal neben ihm brennen. Und er, »Schwarzer Narziß«, spottete er...

»Wollen Sie Ihrer Braut nicht Guten Morgen sagen, Jupiter?« Seine Schwiegermutter tippt ihm mit derselben Geste auf die Schulter, mit der sie ihre Möbel abstaubt. Keine Nuancen, diese Weißen! Jupiter schwankt, atmet tief bis zu den Fußspitzen hinunter und folgt ihr. Er sieht unter einem Bündel von Fingern, die an ihr nähen, stekken, zupfen und glätten, ein Gesicht aus demselben Stoff wie der Schleier. Weiß, zwei Enziane darin und je ein goldenes Fragezeichen rechts und links unter den Myrten herausquellend. Das ist Alma.

In diesem Augenblick sind sie weder Weiß noch

Schwarz, sondern zwei Menschen, die voreinander zittern. Er steht vor ihr ein wenig steif, aber sie sieht doch, daß er eigentlich kniet, nicht nur mit den Knien, sondern mit den Schultern, mit den Händen, mit dem ganzen Gesicht kniet er vor ihr wie vor einer Heiligen. Eine unendliche Rührung ist in Alma über sich selbst. Eine Rührung, die nicht zu halten ist, die hinaus will zu ihrem Mund als Schrei, zu ihren Augen als Tränen, zu ihren Fingern als Liebkosung. Sie bildet sich mehr denn je ein, daß sie ihn liebt, und mit einer zärtlichen Gebärde bietet sie ihm ihren Mund zum Kuß.

Dieser Kuß gibt Jupiter seine Haltung zurück. Er setzt seine Amtsmaske auf, er ist wieder Kabinettschef im Kolonialministerium. Innerlich aber sagt er: »Meine Schneetaube mit den rosa Füßen, aus Hunderten von weißen Tauben bist du gemacht. Mein Vögelchen aus Watte. Deine Haare sind blondgelb und flaumig wie junge Täubchen. Ach daß ich dich in einen Taubenschlag sperren könnte, zu dem nur ich allein den Schlüssel hätte!«

Zum ersten Male fühlte er etwas wie Eifersucht vor all den Blicken, die sich nun gleich an Alma vergreifen würden, vor dem Magnesium, das sie berühren sollte, vor den Apparaten der vor der Kirche aufgepflanzten Photographen, die das Recht hatten, sie auf ihren Platten für immer zu beschlagnahmen. Er war neidisch auf den Kurbelkasten von Pathé, der diese originelle Hochzeit für die Filmwoche aufnehmen und für immer den Gang, das Lächeln, den weißen Rauch ihres eintägigen Brautschleiers auf sensibles Zelluloid bannen würde. Jupiter sah in ihre Augen. Noch nie hatte er so viele Beete von Vergißmeinnicht in einem Garten oder auf einer Wiese stehen sehen. Überall wo er hinsah oder hinroch, wuchsen, standen, hingen, sangen und dufteten Vergißmeinnicht. Es war ihm so blau vor den Augen, daß es eines dreimaligen starken Pochens an der Tür bedurfte, bevor die Gegenwart wieder ihre normalen Farben annahm.

Der Zeremonienmeister rief schon die einzelnen Paare der Reihenfolge nach auf, wie sie in die Autos zu steigen hatten. Auch Jupiter ging, oder vielmehr jemand ging für ihn. Die Purpurtreppe lief mit ihm hinunter, direkt in den Wagen hinein, und er faßte sich erst, als sie sich schon der Kirche von Auteuil näherten, wobei ihm wieder deren perverse kleine Kuppel auffiel und er an den Scherz eines Freundes dachte:

»Diese Kirche ist im phallischen Stil erbaut.«

Dann spürte er an seiner Wange eine stachlige Hecke von Gesichtern. Aber über allem wehte der Schleier Almas wie eine weiße Fahne.

Während der Predigt sog er als echter Heide nur Almas Geruch ein, der weiß war wie Jasmin, und wünschte sich, daß er sein Leben lang so neben ihr knien könnte und nie wieder aufzustehen brauchte. War er ein Heide? Hatte er nicht die Religion gewechselt, so oft man es von ihm verlangt hatte? Er war zuerst Muselmann gewesen, wie die meisten seines Stammes, war dann aus »politischen Gründen« zum Christentum übergetreten, aber zutiefst im Blut, unausrottbar, lag ihm das Götzentum. Wie jeder Neger, sei er nun Katholik, Protestant, Jude oder Mohammedaner, war er Animist. Der Animismus, der Geisterkult, ist die wahre Religion des Schwarzen. Welche andere Kraft entströmte doch der dämonischen Maske des Gottes Ftu, die er zu Hause hatte, gegenüber dem phantasielosen Fetisch der Weißen, der dort oben hing. Jeder konnte sich so ein unkünstlerisches Kreuz mit dem blassen Mann daran im Warenhaus kaufen. Er roch wieder hinüber zu Alma, ein aufmerksamer schwarzer Hund, der die kostbare Spur der geliebten Herrin einzieht.

In der Sakristei, während Alma ihre Wange allen Freunden öffentlich zum Kuß anbot, stach ihn die Eifersucht wie eine Hornisse. Viel Gelb in seinem schwarzen Körper. Der neue goldgelbe Fleck des Eheringes war ein

Symbol. Der Satz Bernardin de St.-Pierre's fiel ihm ein: »Ein Gelb neben dem Schwarz ist das Charakteristikum vieler gefährlicher Tiere, wie der Wespe und des Tigers.«

Er bot seiner Braut den Arm. Der Weg schien wieder mit lauter Vergißmeinnicht bewachsen. Vor dem Portal mußten sie halten, die Apparate warteten. Ein Photograph zwang sie höflich zu einer intimeren Pose, zu der sie selbst noch nicht den Mut gehabt hatten: Alma neigte den Kopf etwas gegen seine Schulter. Das Volk begnügte sich mit einigen heimlichen Rippenstößen, es wurde nicht laut gelacht. Glücklich entkamen sie in den Wagen, in dem der weiße Flieder inzwischen ausgeschlagen hatte. Jupiter drückte sich tief in die Polster in seinem Verfolgungswahn vor der Sonne.

»Min dyeyi,« flüsterte er und nahm ihre Glacéhand in seine Glacéhand. »Min dyeyi.«

Sie klangen weich, die afrikanischen Worte.

»Was heißt das?«

Er deutete auf sie:

»Das gehört mir.«

Sie zitterte ein wenig.

Weiter wagten sie beide nichts, und ihre Handschuhe wurden schwarz, aber nicht weil Jupiters Hände abfärbten, sondern weil ihnen immer heißer und heißer wurde in dem Wagen, in dem der Flieder von Minute zu Minute üppiger emporschoß. Bald mußte er an ihre Kehlen reichen und sie ersticken. Aber dies wurde glücklich durch eine Uniform verhütet, die den Wagenschlag aufriß. Das Hotel Ritz verneigte sich vor ihnen, so schien es Jupiter.

Es begann die Qual des Menüs. Ihm genügten zwei bis drei Bissen. Er hatte die barbarische Eßlust der Weißen nie begriffen. Er hatte im Mund den Milchgeschmack von Almas Haut und den Honig ihres süßen Haares; davon freilich, schien ihm, würde er nie genug bekommen.

»Hors d'Oeuvre variés.«

Ihre Hände nahmen ein lackiertes Ei und etwas Salat aus jungem Bambus von der mit Lilienblättern garnierten Platte.

Jeden Tag durfte er nun diese Finger wie kleine Kinder mit Messer und Gabel spielen sehen.

»Baisers de Sirene.«

Sie nahm von den blonden Austern, während er an einem Austern-Cocktail nippte. Man tat, als äße man, und aß doch nichts, und dann hatten sie dieselbe Farbe wie seine Haut. Zu Hause wollte er bei seinem Diener viele schokoladenfarbene Gerichte bestellen.

»Gratin de Crevettes roses.«

Die mit rosa Crevettenschaum abgeschlossenen gefüllten Schnecken ärgerten ihn. Er hatte eine instinktive Abneigung gegen alle spiralförmigen Gegenstände der ganzen Welt. Wenn er darüber nachgegrübelt hätte, wäre er vielleicht darauf gekommen, warum. Wegen seiner Haare nämlich, von denen jedes einzelne eine ihm so verhaßte Spirale formte.

Die Forellen aß er nicht, und als sie fragte: »Warum?«, antwortete er, das sei ein Märchen und er würde es ihr ein andermal erzählen.

In jedem Satze, den er zu ihr sagte, kam ein oder mehrere Male ihr Name vor. Ja, er sprach eigentlich nur zu ihr um dieses Namens willen, des hellen Namens mit den zwei offenen A, den er jetzt immer und immer wieder mit seiner Zunge liebkosen durfte. Vor seinen Augen schwebte ein Stilleben aus allen Menüs, die er jemals gegessen, aber auf Negermanier gemalt, unproportioniert, so daß die Platten in der Perspektive dreimal so groß waren, wie die Gegenstände im Vordergrund.

Dazwischen hört er die Tischrede des Kolonialministers, verstärkt wie durch einen Lautsprecher:

»Das junge Paar, ewiges Glück, Rosenketten, symbolische Verschmelzung von Mutterland und Kolonie...«

Er zweifelt daran, daß dieses Essen jemals ein Ende

nehmen wird. Als man auf ihr Wohl anstößt, erhebt er sein Glas, aber er trinkt nicht. Er braucht keinen Alkohol, er ist ohnehin schon so berauscht von dem blonden Weinberg neben ihm, daß eine ganze Sammlung von Almas vor seinen Augen hängt. Was er auch ansieht, es wird zu Alma, sogar die kleine Ansprache, die er hält, scheint die Rede eines Bezechten. Man lacht und stellt wieder einmal fest, daß so ein Neger niemals Maß halten kann.

Es war das einzige Mal in seinem Leben, daß er betrunken war. Von anderem Getränk freilich, als die Weißen vermuteten.

6. Kapitel

Kâmou balni balnougol bouguêdyi
Misso missi missougol birâdam;
Fowrou oulli, diko laddé dyaboké ...
Ndên é danêdyo wéli goundidâdé.

Jupiter saß in seinem Salon und begleitete das Liebeslied der Peuhl, das er der auf dem Diwan liegenden Alma vorsang, auf den zarten Saiten eines Instrumentes, das den ägyptischen Harfen ähnelte. Es war eine Harfe der Niam-Niam; und sie gab so schluchzende Laute von sich, daß Alma die Tränen in die Augen stiegen. Eigentlich aber weinte sie nicht wegen der Musik, sondern aus Angst vor dem Augenblick, da er aufstehen würde. Sie versteckte das Gesicht in ihrem Arm und sagte leise:

»Sing es mir auch in meiner Sprache.«

Jupiter war zu glücklich, um zu bemerken, daß sie weinte. Und selbst, wenn er es bemerkt hätte, hätte er doch nichts verstanden. Nuancen des Gefühls gab es für ihn nicht. Seine Liebe bewegte sich auf einer einzigen starken geraden Linie. Die Kurven des degenerierten Europäers waren ihm unbegreiflich. In dieser primitiven Begrenzung lag seine Urkraft. In seiner elementaren Liebesfähigkeit seine Größe. Während beim Europäer das verfeinerte Gehirn, die Sensibilität eines Gedankens die Sinne beherrschen, wirkte bei ihm die verfeinerte Animalität zurück auf sein Gehirn. Er hatte es sich noch nicht einmal erlaubt, daran zu denken, sie zu küssen, die kleine weiße Heilige dort auf dem Sofa, trotzdem sie seit heute mittag seinen Namen trug. Nicht, daß ihn ihre so offenkundige achtzehnjährige Unschuld besonders gerührt hätte! Aber das Tier in ihm war dressierter als das Tier in einem weißen Mann; ein adeliger körperlicher Takt hielt ihn von jedem Angriff zurück. So war er schon voller Jubel, weil sie ihn geduzt hatte, jetzt eben, da sie ihn bat, weiter zu singen. Wenn es nach ihm gegangen wäre, hätte er sich nichts anderes gewünscht, als hier drei Tage und drei Nächte zu sitzen und ihr durch seine Harfe zu sagen, wie sehr er sie liebte:

»Schon wächst die abendliche Baumwolle am
schwarzen Himmel,
Es taut der Nebel weiß wie frische Milch,
Hyänen, Löwen: Häuptlinge des Dschungels
brüllen.
O Glück, mit einer hellen Freundin jetzt zu
flüstern!«

Sie schwieg. Er hätte auch gern geschwiegen, aber er sagte sich, daß er als Mann etwas zu unternehmen hatte. Vielleicht mußte er reden?

»Ich bin auch aus dem Geschlecht der Musiker, ein Uambâbé«, sagte er. »Die Legende erzählt: Der Vorfahre der Peuhl hatte drei Söhne. Der eine erbte eine Herde und wurde der Vater der Peuhls und Fulbés, des Volkes der Hirten. Der zweite erfand eine Kalebasse und bewahrte darin die reine unschuldige Milch auf. Das war der Vater der Laobé. Der dritte überraschte seine beiden Brüder mit einer Guitarre, die er aus der Kalebasse und etlichen Schwanzhaaren einer Kuh hergestellt hatte. Das war der Vater der Töne, der Vater der Musiker, der Uambâbé.«

Er wartete einen Augenblick; da sie immer noch schwieg, und nur mit den großen Augen redete, nahm er ein Horn von der Wand, das aus dem Stoßzahn eines Elefanten gemacht und mit Gold eingefaßt war. Als er hineinblies, schien er seltsam klagende Töne zu erlösen, die schon seit Jahrhunderten in dem Horn gefangen saßen und an eine heimatlose Musik erinnerten, die einmal irgendwo, vielleicht in Karthago, vielleicht in Theben, erklungen und noch nicht gänzlich verrauscht war. Und nachdem die befreiten Töne sich im Raum niedergelassen hatten, nahm er ein Instrument, das aus kleinen, auf einer Kürbisrinde befestigten Schilfrohren bestand und denen eine Art Glockengeläut entströmte, wenn seine tanzenden Finger die Löcher berührten. Es waren freilich heidnische Glocken, und Jupiter sagte, das Instrument heiße: Sansa.

»Wie heißt es?« fragte er.

»Sannsa«, antwortete sie. Sie lachten beide, weil sie es so komisch betonte. Und nachdem sie gelacht hatten, bekamen sie zusammen etwas mehr Mut.

»Soll ich dir nun dein Heim zeigen und all die Götzen, die dir dienen werden?« Er trat näher, aber als er sie erzittern sah, änderte er die Bewegung, die er in der Richtung nach ihr gemacht hatte, darin um, daß er einen großen hölzernen Fisch, der über ihr an der Wand hing, sorgfältig abnahm.

»Siehst du, das ist der Fisch Uoda. Du hast mich heute an der Tafel gefragt, warum ich keinen Fisch esse. Der Fisch ist das Tana unserer Familie. Er ist uns heilig. Eine Sage berichtet, daß einer meiner Ahnen vor seinen Verfolgern dadurch gerettet wurde, daß ihn ein großer Fisch auf seinem Rücken durch einen reißenden Strom trug. Und so wurde der Fisch zum Tana unsres Stammes. Wir dürfen weder Fische töten, noch davon essen.«

»O, wie hübsch, ja, erzähl' mir Märchen!«

Er ging durch die verliebten Kornblumenfelder ihrer Augen und wurde poetisch.

»Siehst du den Mond dort?«

Sie sah nach der Wand.

»Nein, den echten, der draußen vor dem Fenster hängt! Das ist der Hottentottenmond. Der stieg einst um einer Frau willen auf die Erde herunter und verwandelte sich tagsüber in einen blonden Kapitän. Aber immer, wenn er nachts am Himmel Dienst hatte, betrog sie ihn. Da wurde es ihm kalt und immer kälter und er zog sich fühllos und ausgebrannt auf ewig an den Himmel zurück.«

»Komm, es ist kühl«, er zog sie schnell vom Fenster zurück. Sie verwechselte seine unerhörte Empfindlichkeit für jeden Gradunterschied in der Temperatur, für jede Veränderung der Witterung mit Zärtlichkeit. Er nahm sie nicht am Arm, als wäre sie seine Braut, sondern an der Hand wie ein kleines Kind, und führte sie in sein blumengeschmücktes Arbeitszimmer. Er hatte sich immer ein wenig davor gefürchtet, ihr seine Wohnung zu zeigen, und unter der Ausrede, sie ihr als Hochzeitsgeschenk darbieten zu wollen, wußte er den Besuch ihrer Mutter wie den ihrigen stets abzulehnen. Er hatte dieses Geschenk, das er ihr unter vielen andern machte, damit begründet, daß er nichts von Almas Mutter annehmen wollte, denn ein schwarzer Mann würde es als demütigend empfinden, eine Frau mit Mitgift oder Aussteuer zu heiraten, er würde sich gekauft vorkommen. Wie sie sich wohl zu all den Amuletten, Talismans, Fetischen, Masken, Waffen- und Kriegsschmuck aus seiner Heimat verhalten würde?

Dieser Übergang aus einem bürgerlichen in ein exotisches Interieur konnte sie, nachdem die erste kindliche Neugier verpufft war, erschrecken. Er war freilich bereit, wenn sie es verlangte, seine ganze Einrichtung auf den Boden zu verbannen und eine sie nicht beleidigende Durchschnittsmöblierung: eichenes, geschnitztes Eßzimmer, Mahagonisalon und falsches Empireboudoir, am andern Morgen telephonisch von Dufayel zu bestellen, aber er hoffte doch sehr, daß sie ihn mitsamt seinem Milieu und seinen Erinnerungen liebte, für die er, namentlich, wenn sie mit seiner Mutter zusammenhingen, wie alle Neger eine fromme Verehrung bewahrte.

»Fürchtest du dich, Alma? Wenn du dich fürchtest, werde ich morgen mit all diesen hölzernen Göttern ein großes Kaminfeuer anzünden«, log er.

Innerlich aber verneigte er sich bis zur Erde vor den also beleidigten Geistern der Statuetten, nahm sogar unbemerkt etwas von der Asche aus dem Aschenbecher seines Schreibtisches und streute sie sich aufs Haupt, wie man sich bei ihm zu Hause vor dem Häuptling mit Erde bedeckt.

»Aber nein.« Sie legte gerührt ihre Hand in die seine. »Ich finde sie nur komisch, deine Fizzlipuzzlis!«

Sie nahm eine der Figuren in die Hand. »Sie sind nicht komisch«, belehrte er. »Alles ist relativ. Die Venus der Hottentotten hat riesige Brüste und Hüften wie Keulen, und eine indische Gottheit hat zwanzig Arme.«

»Hier sind Amulette, die das Unglück herbeiziehen können. Hinter dem reinen, ziselierten Gold verbergen sich die Fasern tödlicher Pflanzen. Und sieh hier diese wundertätigen Amulette! Zwischen zwei bunte, gebunste Lederläppchen sind heilende Kräuter oder geschriebene Talismane eingenäht. Wir tragen sie auf der Brust, wie der Jude auf der Stirn die Tephilims, in denen ein Stückchen seiner heiligen Thora enthalten ist. Hier sind goldene Fußringe für dich, Halsbänder und Reifen aus Goldkügelchen.« Er nahm den Schmuck zärtlich in die Hand, mit der Freude des Negers am Dekorativen, und hängte ihn ihr, während sie sich verliebt an ihn lehnte, vorsichtig um, als berührte er eine Madonna. »Dieser längliche Goldschmuck hat die Furche zwischen den Brüsten zu verstecken.«

Wieder hing er ihn ihr um den Hals.

»Und das ist der Brustschmuck, mit dem sich meine königlichen Ahninnen die Brüste bedeckten. Willst du, daß ich ihn dir anziehe?«

Er öffnete einige Haken an ihrer Robe, aber sie zitterte so sehr, daß er Mitleid hatte und das schon geöffnete Kleid schleunigst wieder schloß. Wieder, wie am Anfang ihrer Begegnung, schämte sich Alma ihrer Scham. Im Zeitalter der Garçonne noch so übertrieben prüde zu sein! Er mußte sie für einen Backfisch mit himmelblauer Phantasie halten! Aber sie wollte ihm zeigen, daß sie emanzipiert war. Emanzipiert! Das Wort machte sie kühn.

»Gib, ich werde sie anziehen«, sagte sie.

»Ist dort das Schlafzimmer?«

»Dann zieh auch diesen Lendenschurz an, und komm als meine kleine weiße Negerin wieder.«

Er warf sich erschöpft in einen Stuhl. O, gewiß, er hatte Fieber. Es schien ihm viel unmöglicher, daß er sich auszog, als daß sie es tat. Er fluchte seinem Großvater, der eine Torodo geheiratet hatte, eine zweiblütige, Mestizin von Peuhl und Neger, von der er diese Ebenholzschwärze geerbt hatte. Denn, wie gesagt, eigentlich hatten die Peuhl eine rötliche Hautfarbe. Ach, sogar die schlimmsten Kaffern und Buschmänner waren braun wie gegerbtes Leder, nur er hatte das Unglück, so nachtdunkel auszusehen!

In diesem Augenblick traf ihn ein Bündel von Lichtstrahlen, so stark, als ob in einem Filmatelier alle Bogenlampen auf ihn gerichtet würden, um von seinem Kopf eine Großaufnahme zu machen. Er fuhr geblendet in die Höhe vor dem silbrigen Weiß, das von dem Körper Almas auszugehen schien. Sie tat in dem Ballettröckchen einer Wilden einige Tanzschritte gegen ihn, aber vielleicht hatte sie sich zuviel zugetraut: sie knickte plötzlich, da wo sie stand, in die Knie ein und fing kläglich zu weinen an, ein Weinen, das gar nicht zu dem Negerkostüm paßte. Ein kleines Mädchen, das seine Mutter verloren hat. Und Jupiter, der nur einmal in seinem Leben geweint hatte, am Todestag seiner Mutter, bekam beim Anblick dieser für ihn so kostbaren Flüssigkeit selbst beinahe feuchte Augen. Beinahe! Denn seine unverbrauchten Nerven leiteten nur einige ganz große Gefühle weiter. Er stürzte ins Schlafzimmer und kehrte mit sämtlichen Kleidungsstücken Almas beladen zurück. Er trug sie auf den Diwan und zog ihr behutsam, wie einem Mannequin aus Wachs die Strümpfe an. Entfernte zuerst den Schmuck und stülpte ihr das seidene Hemdchen über, unter dem er dann so vorsichtig wie möglich, damit er ja nichts sehen konnte, den Lendenschurz fortzog. Legte ihr, geschickt wie eine Zofe, die Chantillyspitze an, die sehr wahrscheinlich das Höschen vorstellte, hüllte das Ganze ungekostet in den weißen Brautschaum und setzte es in seinen Lehnstuhl. Alma, die sich wieder sicherer fühlte, und der mit den Kleidern auch ihr bißchen bürgerliche Persönlichkeit zurückkehrte, fuhr sich mit der Hand über den Rücken und lachte nervös:

»O, du hast alles verkehrt zugemacht!«

Er lachte mit und sagte: »Jetzt mußt du schlafen.«

Er trug sie wieder vom Stuhl auf den Diwan, holte aus dem Schlafzimmer die große, nach dem Blau ihrer Augen eingefärbte Steppdecke und hüllte sie damit ein. Dann küßte er sie, so steif er konnte, löschte das Licht und ging ins Schlafzimmer hinüber, um sich allein in das große, zweischläfrige Bett zu legen.

»Ein schwarzer Mann vergewaltigt keine Frau«, sagte er ein wenig heuchlerisch zu sich selbst.

Er war sehr zufrieden mit sich und über die edle Rolle, die er in ihren Augen gespielt hatte. Nein, er war kein Barbar, sondern ein edles Raubtier, das das Liegen auf der Lauer mehr genießt als den Sprung auf die Beute, der viel zu schnell den Besitz verschafft. Morgen liebte sie ihn stärker als heute, morgen konnte er es wagen, so schwarz zu sein, wie er wollte. Er konnte sogar rot, blau oder grün sein. Morgen liebte sie ihn in allen Farben. Sie wußte ja nicht, daß er heute abend sich ein Opfer gebracht und nicht ihr.

Obwohl eine Tür zwischen ihnen war, ritzten sich ihre Atemzüge, ja ihre Pulsschläge wie ein Lied in seinem Trommelfell ein, das sensibler war als die Platte eines Grammophons. Jetzt konnte er dieses Lied spielen lassen, wann er wollte. Alle seine Sinne hatten ein so gutes Gedächtnis. Sie reproduzierten ihm jedes einmal gehörte Geräusch, jeden Geruch deutlicher als die Wirklichkeit. Und dieses unfehlbare Gedächtnis sagte ihm auch jetzt pedantisch und trotzdem kein Zuhörer da war, dem er damit imponieren konnte, die auf seine Hochzeitsnacht passende Stelle aus Montaigne auf und sogar in altem Französisch, wie er es als Student gelesen: »Les Mariez, le temps estant tout leur, ne doivent ny presser, ny taster leur entreprise, s'ils ne sont prests: et vault mieulx faillir indecemment à estrener la couche nuptiale pleine d'agitation et de fiebvre, attendant une et une aultre commodité plus privee et moins alarmee, que de tumber en une perpetuelle misere, pour s'estre estonné et desesperé du premier refus.«*

* Den Jungvermählten gehört die Zeit, und sie dürfen ihr Werk weder drängen noch herausfordern, solange sie dazu nicht bereit sind: Es ist besser, unschicklich zu sein und die Einweihung des Ehebettes, wenn es voller Erregung und Fieber ist, zu meiden und auf die eine oder andere intimere und ruhigere Gelegenheit zu warten, als in eine dauernde Misere zu stolpern, weil man vom ersten Mißlingen erstaunt ist und an ihm verzweifelt.

7. Kapitel

Er hatte es geschickt verstanden, ihr eine Hochzeitsreise auszureden. O, er hatte lange mit sich gekämpft. Konnte er doch kaum dem Verlangen widerstehen, sich öffentlich mit ihr sehen zu lassen. Mit der Vorliebe des Negers für gleißenden Schmuck hätte er sie gern wie einen goldenen Diamanten immer zur Schau getragen. Jeder hätte ihn bestaunt. Was für ein mächtiger, exotischer Prinz mußte er sein, um so eine bernsteinblonde Frau zu besitzen! Denn wenn man sonst auch zuweilen Mischheiraten zwischen Schwarzen und Weißen sah, so war die weiße Frau in diesem Falle doch immer irgendwie beschädigt; entweder sie schielte, war zwanzig Jahre älter als der, auf ihre vergilbte, aber immerhin helle Haut, so stolze dunkle Mann, oder kam aus dem vierten Stand und machte diese »Mesalliance« aus Berechnung; denn die Elite der in Europa lebenden Schwarzen verfügt über viel Geld. Er aber, das sah doch jeder sofort, er, Jupiter Djilbuti, wurde um seiner selbst willen geliebt. Dann aber schreckte er wieder vor dem Gedanken einer Hochzeitsreise zurück. Liebte sie ihn schon genug, um die verächtlichen, boshaften, spöttischen und verständnislosen Blicke auszuhalten, die, um seiner Sträflingshaut willen, mit der er gebrandmarkt war, auf sie fallen würden? Sie ahnte ja nicht, was ihr bevorstand, die arme Alma! Wie mochte sie das Spießrutenlaufen ertragen? Ferner wollte er auch nichts von den Zerstreuungen einer Reise wissen, damit sie sich gleich in der ersten Woche ganz auf ihn konzentriere. Er war schon in Gedanken eifersüchtig auf den Chauffeur, der sie zum Bahnhof bringen durfte, auf den glücklichen Heizer der Lokomotive jenes Zuges, in den sie einstieg, auf den Kellner im Speisewagen, gar nicht zu reden von den hundert männlichen Blicken, die in der Halle eines

Hotels sich wie ein Mückenschwarm auf sie niederließen. Hier zu Hause war keine Gefahr. Sein schwarzer Kammerdiener Oali wagte es nicht, die Augen höher als bis zu ihren Knien zu erheben, und hätte vor Demut gern wie ein Hund mit dem Schweif gewedelt, wenn er einen gehabt hätte. Nein, sie mußten ihren Honigmond schon in Paris verleben. Er brauchte doch mindestens acht Tage, um ihr beizubringen, daß der Körper ein kostbares Instrument ist, auf dem nur ein Afrikaner richtig zu spielen versteht. Und er brachte es ihr bei. Er übte sich mit ihr den ganzen ersten Tag, ihren Mund zu küssen, denn sie war eine Debütantin der Sinne, und er, in den Variationen und Schattierungen der Liebe weit erfahrener und begabter als ein Europäer, wollte ihre Entwicklung stufenweise genießen. Aus dem Dilettantismus des Körpers, der, wie er verächtlich behauptete, den Weißen eingeboren ist, eine Kunst zu machen, war seine erzieherische Absicht.

Am Abend dieses Tages zitterte Alma nicht mehr vor ihm, sondern nach ihm. Jetzt brauchte er nichts mehr von seiner Farbe zu befürchten. Aber trotz ihrer Hörigkeit oder gerade deshalb bettete er sie wieder auf den Diwan seines Studierzimmers und sang ihr mit seiner irisierenden Stimme afrikanische Liebeslieder. Die »Sprache der Vögel«, das Italienisch Afrikas, wie man die gutturale Sprache der Peuhl nennt, vermischt mit der Sprache seiner Hände, die eine leichte Konversation mit ihren Armen und Brüsten führten, ließen sie mehrmals leise seinen Namen stöhnen, den Namen, mit dem ihn seine Heimat rief: »Juju! Juuju!« Es war ein kostbares Spiel für ihn, und er stimmte sie wie eine seiner zierlich geschwungenen Guitarren. Er konnte fast mit mathematischer Genauigkeit durch diese oder jene Berührung die Höhe und Intensität eines Tones oder Seufzers vorausberechnen und lächelte entzückt, wenn er aus dieser rosa Kehle rosa herausfiel. Aus dieser Kehle, die noch ganz ungeübt war im Ausstoßen von Liebesrufen. Sie bedeckte mit einer kindlichen Gebärde ihre Augen, weil ihre Brust jetzt nackt vor ihm lag und sie es nicht mehr wagte, wie vor einer Stunde noch, sie wieder zuzudecken. Sie spürte wohl, daß er sie nur schonte, er, der letzte aus einer Kette von Häuptlingen, die gewohnt waren, über zehn Frauen zugleich zu verfügen.

Als er ihr das Kleid über der Brust wieder mit einer herrischen Gebärde zusammenschob, schloß sie ihre Kinderarme, fest und schwer lösbar, wie eine Sicherheitskette um seinen Hals zusammen. Jupiter aber wußte mit seinen Sinnen umzugehen. Nicht nur, daß er verstand, kunstgerecht zu atmen, so langsam zu essen, daß zwei Bissen in seinem Mund dem Wert eines Menus seiner weißen Tischgenossen gleichkamen, daß er einen Ton noch hören konnte, wenn ein Europäer schon längst wieder taub für dessen Schwingungen war, er blieb auch regungslos und entzückt der Gefangene dieser keuschen Geste, ohne von ihr profitieren zu wollen. Wie verächtlich schienen ihm neben diesem Mädchen all die weißen Frauen, die sich ihm aus erotischer Neugier, Snobismus oder Geilheit angeboten hatten. Denn ein gebildeter Neger hat viele galante Chancen in Europa, nur selten aber ist eine darunter von Dauer. Da steht er, mitten im Schutthaufen der alten Welt: ein schwarzes Riesenkind, gutmütig lachend zeigt es seine grellweißen Zähne, eine Reklame für irgendeine neue Zahnpasta. Nackt stampft er hervor aus seinem Urwald, barock mit Zylinder und Lackschuh bekleidet, und versucht sich als Equilibrist auf dem dekadentesten aller Kontinente. Der unsichtbare Manager, der Zufall, verhilft ihm zu einer Position, und doch verliert er das Gleichgewicht, purzelt vielleicht schon morgen aus jeder noch so glänzenden Stellung wieder ins Nichts und in seinen Urwald zurück. Denn dieser phantastischste aller Menschen, der ohne Sinn für das Abstrakte, für Zusammenhänge und Logik geboren zu sein scheint, hat keine

Empfindung für Proportion. Und die Zivilisierten, mit ihren zivilisierten Gefühlchen, stehen verständnislos vor seiner Maßlosigkeit und Lust zur Übertreibung, die ihm in seiner Heimat – mit dem Dschungel als effektvollem Hintergrund – eine gewisse Größe verleihen. Jupiter kannte die Schwächen seiner Landsleute – und seine eigenen. Darum überwachte er sie doppelt. Er gehörte zu den wenigen Negern, die angefangen haben, sich selbst zu beobachten, sich ein wenig zu analysieren. Und in seinem ehrgeizigen Strebertum, das ihn schon als kleinen Jungen angetrieben hatte, zu seiner Muttersprache noch die drei überflüssigen Zweigsprachen der Peuhl: mossi, mandinge und songai zu lernen, das ihn im Gymnasium gepeitscht hatte, Klassenerster zu werden, wollte er im Betragen auch von Alma Note Eins bekommen, ihr den Beweis der ethischen Überlegenheit des Schwarzen über den Weißen geben.

So beging er denn noch einmal den romantischen Fehler, sie nicht zu nehmen, maß der Jungfräulichkeit, wie er es erlernt hatte, die europäische Wichtigkeit bei und nicht die gesunde Geringschätzung seines Landes. Wie hätte auch ein Neger die Operettentragik des Gounodschen Gretchens nicht ernst nehmen sollen! Voll Zärtlichkeit schlief er ein, sich pflichtgetreu noch das Motto dieses Abends aufsagend: »Ehret die Frauen …«

8. Kapitel

Ja, die Kultur hatte viel von seiner Ursprünglichkeit und Originalität zerstört. Je mehr er sich bemühte, im steifen Hut wie einer jener Philister auszusehen, die immer eine imaginäre Tafel mit dem Gebot: »Rechts gehen« vor sich sehen und diese Vorschrift artig befolgen, desto mehr büßte er von seiner Individualität ein. Und doch brannte trotz dieses krampfhaften Wunsches, sich der weißen Rasse einzuverleiben, hinter seiner glänzend schwarzen Haut dasselbe Gift wie in den schwarzen gelackten Tollkirschen. Verbeugte er sich auch noch so tief, um Karriere zu machen, vor den weißen Kolonisatoren, heimlich wünschte er ihnen, daß sie sich Hände und Fußsohlen an seiner glühenden Erde verbrennen möchten. Afrika den Afrikanern! Warum sollte er weniger kriegerisch sein als die weißen Neger? Und in grandiosen Visionen sah er sich oft als Kaiser des gesamten heißen Kontinents. Seine Devise war die Cesare Borgias: »Kaiser oder nichts«. Leider aber schaute er sich sogar bei diesen grandiosen Zeremonien nicht mehr mit einem Kleid, das ihm auf die Haut tätowiert war, und mit einer Federkrone im Haar, sondern in Frack und Zylinder. Daran war die »Kultur« schuld; auch daran, daß er seine farbigen Umarmungen aus Angst vor den Raubtiersprüngen seines Blutes mittels der banalsten Bilder entfärbte, die sich ihm aus der internationalen Liebesliteratur eingeprägt hatten und die er verballhornt wiedergab. Gewiß, für ihn waren solche Sätze wie: »Deine Augen sind zwei Vergißmeinnicht ohne Stengel«, »Ich bin durch das rosa Taftband der Liebe an dich gebunden«, »Komm, wir wollen gemeinsam den mit goldenem Kies bestreuten Weg des Lebens wandeln«, nicht komisch, sondern neu. Woher sollte er auch wissen, daß es lyrisch sein wollende Phrasen aus Kitschromanen waren? War er doch der erste seines Stammes, der diese faden Schlingpflanzen über seine baumstarken Urwaldworte zog, da er fürchtete, Almas kleines weißes Ohr zu erschrecken.

Alma aber belustigten diese Versuche, seine immer wilder werdenden Küsse, die heute, am dritten Tag, schon äquatoriale Temperatur angenommen hatten, mit literarischen Schnörkeln zu versehen. Warum er durchaus weiß werden wollte; es stand ihm doch nicht! Sie lächelte, und obwohl sie noch nicht ganz erwachsen war, ahnte sie seine Unsicherheit.

Zwischen zwei Küssen sagte sie zu ihm:

»Juju, mein schwarzer Prinz, ich bin stolz auf dich! Ja, stolz darauf, daß du schwarz bist.«

Wirklich, sie kam sich sehr interessant vor. Augenblicklich waren die Neger modern. Ihre Musik, ihre Skulptur, ihre Tänze beschäftigten vorübergehend die oberflächlichen Zehntausend der Gesellschaft.

»Und du bist meine ›Weiße Dame‹ mit der Musik von Boieldieu. Ich will dich Fatimata nennen. Fatimata ist ein Frauenname bei mir zu Hause.«

»Ist ein Unterschied zwischen den Küssen der weißen und schwarzen Frauen?«

»Du sollst keine solchen Fragen stellen, hörst du«, befahl er autoritär. Sie schlüpfte eingeschüchtert unter seine Schulter. Eine Stille entstand, aus der sich der Abend bildete. Er zog sie ganz auf seine Knie wie ein kleines weißes Schoßhündchen. »Meine Häuptlingin aus Alabaster.« Er öffnete den ersten Haken ihres Kleides, den zweiten, den dritten. Zwischen jedem Haken setzte er einen Kuß wie einen Punkt oder eher wie einen Gedankenstrich. Dann ließ er die Schaumspitzen ihrer seidenen Wäsche in seinen Fingern zergehen. Alle Dinge, die mit ihrem Körper zusammenhingen, bis zum letzten Faden, der letzten Öse, waren für ihn eine Offenbarung. Das Übrige existierte nicht mehr oder nahm eine so neutrale, bedeutungslose Farbe an, daß es nur noch bis an die Schwelle seines Bewußtseins drang. Er wußte seit drei Tagen nicht einmal, ob es draußen regnete, oder ob die Sonne geschienen hatte; obwohl seine Haut sein Barometer war und sich an trockenen Tagen spröde zusammenzog, was er sonst mit Salben und Crème sehr wichtig nahm. Ja sogar die Zeit, von der er ein so genaues Gefühl hatte, daß er ohne Uhr die Minute angeben konnte, auf der sich der Zeiger gerade befand, sogar die Zeit hatte er vor der Türe gelassen.

Er zögerte noch einen Augenblick vor der hemmungslosen Intimität, die sich nun ergeben mußte. Dann fiel auch das Hemd, eine der Hüllen, die die Zivilisation erfunden hat, um die Frauen mit einem Geheimnis aus Batist – ihrem einzigen – zu umgeben, von ihren Schultern. Mit seinen fiebrigen Händen, in denen noch die Tropensonne glühte, trug er sie in das schon vorher vorsichtig verdunkelte Schlafzimmer hinüber. Er konnte jetzt seine Kleider abwerfen, er war ihrer sicher. Sie gehörte ihm bis in jene äußersten Enden ihrer quarzrosa Fingernägel, die morgen vielleicht schon der Schere zum Opfer fielen. Von heute ab besaß er jede ihrer Zellen, die sich bildeten und die starben. Er fürchtete jetzt nichts mehr von seiner Farbe und hatte auch mit Absicht das spitze Amulett nicht abgenommen. Als er sie jetzt gierig an sich drückte, schrie sie auf. Ja, er wollte sie schreien hören. Er wollte, daß das Amulett an ihr seinen Zauber erprobe, daß es sie durch alle Leben hindurch, die sie zu leben hatte, ihm verknüpfe.

Sie sah ihn zum erstenmal ganz nahe, so nahe wie noch nie, denn im Kuß schließt man die Augen. Jetzt aber öffnete sich ihr ein unbekannter Schmerz. Sie sah deutlich den schwarzseidenen Crêpe de Chine seiner Haut, der hier und da auf der Brust mit einem etwas helleren Stückchen Haut ausgestückelt zu sein schien. Sie sah die tiefe Furche, die das Amulett gegraben hatte. Sie sah die roten

Äderchen und Flecken in den verdrehten gelblichen Ballen seiner Augen und die mit rätselhaften Drohungen geladene Kugel seiner Pupille. Sein Haar, das sonst so sorgfältig mit kosmetischem Klebstoff an der Kopfhaut angeklebt war, quoll nach allen Seiten vaporös in die Höhe, denn der Schweiß rollte die boshaften Spiralen auf, und die so entstandene Mähne verlieh ihm das Aussehen eines diabolischen Götzen aus Ebenholz. Dazu entschlüpften ihm, trotz seiner Anstrengung, sie zurückzuhalten, kleine Vogelschreie.

»Er ist verrückt geworden«, zitterte Alma, »er durchsticht mich mit einem Messer.«

Sie stürzte und sank immer tiefer und tiefer in dem Bett, durch das Gestell, den Plafond, die Etagen bis auf die Straße hinunter, ganz wie in einem sensationellen Film. Als sie wieder zu sich kam und die Augen öffnete, war sein sonst so gutmütiges Gesicht voll Dämonie, der sie sich nicht einmal entziehen, sondern nur noch mehr unterwerfen, noch mehr hingeben wollte. Ihr Schmerz war einem demütigen Entzücken vor dem Mann über ihr gewichen. Der hielt mit beiden Händen ihre Brüste als Pfänder in seinen Händen fest, drückte sie gegen das Amulett und keuchte.

»Schwöre mir, daß du mich ewig lieben wirst!«

Ewig? Wieder einer seiner sentimentalen Sätze. Er preßte sie noch fester gegen sich, es freute sie fast.

»Du sollst schwören! Wenn du einmal vergessen solltest, daß du mich allein zu lieben hast, töte ich dich hier im Bett, mitten in der Liebe.«

»Othello!« Sie versuchte zu scherzen, trotzdem sie sich fürchtete. Gebannt mußte sie in die Magnete seiner Augen sehen, bis ihr Gesicht unter ihrem Stahl zu frieren begann.

»Othello! Ja, aber ich würde dich noch quälen, bevor ich dein Othello würde. Ich würde dich zuvor strafen, mit der Strafe, die einer Dirne zukommt. Ich würde dich vor meinen Augen von Oali, meinem Diener, meinem Hund, beschlafen lassen. O, wir sind nicht im Theater! Ein schwarzer Mann possiert nicht. Mimt nicht Passionen, die er nicht hat. Schwöre!«

Er rüttelte an ihr. In seinen Augenwinkeln klebte eine milchige Flüssigkeit. Sekrete, die man bei Weißen nicht sieht, hoben sich deutlich aus seinem dunklen Gesicht ab. Es sah aus, als würde ihm der Schaum nicht nur zum Mund, sondern auch aus den Augen herausquellen. Die Augen Almas wurden ganz himmelblau von verhaltenen Tränen. Er aber sah an ihrer Stelle eine alte gelbe Hexe. Sein schlimmstes Laster, die Eifersucht, hatte sich zu ihm ins Bett gelegt. In Alma hielt er alle weißen Frauen der Welt in Armen. Alle, die seine Rasse zu beschimpfen, zu verspotten, zu verachten und damit zu betrügen wagten. Aber sie sollte es spüren, daß er ihr Herr war! Ganz das Gegenstück zu dem zarten Bräutigam der zwei ersten Tage, tobte er jetzt.

»Schwöre, daß du nie wieder einen andern Mann ansehen wirst! Daß du vergessen willst, daß es überhaupt Männer, weiße Männer gibt...«

Ein kindliches Geräusch unterbrach seine Raserei. Ein Schluchzen, so gar nicht das Schluchzen einer Ehebrecherin, entströmte Almas Mund, die es nicht länger verhalten konnte. Er ließ ihre Brüste los, schlug den Kopf dreimal mit aller Gewalt an der Kante des Bettes an: »Min dyeyi! min dyeyi! oh, deine himmelblauen Tränen! Ich Raubtier, mit meinem gefleckten Blut! Ich Kaffer!« Und in einem pompösen Aufwand von Zärtlichkeit versuchte er sie seine Barbarei wieder vergessen zu machen. Mit allen hypnotischen Liebkosungen der Hände, der Stimme und des Mundes, die ihm eine unvergleichliche Liebestradition vermacht hatte, versetzte er die ermattete Frau in einen beruhigenden Schlaf. Da lag sie leuchtend wie eine Lampe in seinem dunklen Arm; er suchte Vergleiche, die er über alles liebte, wie die Metapher überhaupt das Stekkenpferd der Schwarzen ist. Da ihm nichts einfiel, suchte er in seiner Kunstbildung nach. Es gab ein Gemälde aus der Renaissance, das diesem hier ähnelte. War es von Giorgione, Tintoretto oder Palma Vecchio? Er zermarterte sich pedantisch den Kopf, um es herauszubekommen. Er konnte ja in seinen Kunstgeschichtsbüchern nachschlagen. Beinahe hatte er vergessen, daß Alma in seinem Arm lag. Nach seiner Veranlagung, von explosiver Begeisterung in tiefste Gleichgültigkeit zu versinken, betrachtete er sie jetzt objektiv, ein kühl abschätzender Kaufmann. Irgendeiner ihrer Toilettegegenstände konnte ihn in ein brünstiges Tier verwandeln, Nacktheit ließ ihn kalt. Er war seit Jahrhunderten daran gewöhnt. Er maß mit den Augen die Proportionen ihrer Arme und Beine, fand sogar, daß die Bogen ihrer Füße, wie bei den meisten weißen Frauen, durch die hohen Absätze etwas deformiert und nicht genug gewölbt waren. Er kannte sich aus! Er hatte nicht umsonst ganze Nachmittage auf den Terrassen der großen Boulevardcafés gesessen und tausend Paare von vorübergehenden weißen Füßen, von denen nicht eines dem Neger zukam, mit seinen Blicken beschlagnahmt. Er setzte sein Studium an dem zum erstenmal in wehrloser Nacktheit vor ihm liegenden Körper fort. Ihre Schenkel waren noch knabenhaft. Nach dem ersten Kind würde es anders werden. Wieder interessierter berechnete er nach Geometerart, wieviel Kinder die Gegend ihres Beckens wohl ergeben würde, zum Ruhm des Geschlechtes der Djilbuti. Gerührt sah er den kleinen Nabel, der wie der runde Mund eines Säuglings offen stand, und erschrak. Das Taschentuch, mit dem er ihre Tränen getrocknet, und das auf ihrer Brust gelegen hatte, war heruntergefallen. Ein roter Anhänger war in ihre Haut tätowiert. Die Spur seines Amuletts. Rechts und links – eine seltsame Warnung – zeichneten sich dunkel und undeutlich die fünf Finger der schwarzen Hand verschwommen wie eine Röntgenaufnahme ab. Er war tief unglücklich darüber. Trotzdem mischte sich in seine Zerknirschung etwas Eitelkeit. Er wachte noch den Rest der Nacht über die Male und sah sie gegen Morgen beinahe mit Bedauern blasser und blasser werden und mit der Dämmerung ganz verschwinden.

9. Kapitel

Im Laufe von acht Tagen gewöhnte sich Alma daran, daß seine Umarmungen auf dem transitorischen Moment angelangt immer von einem mehr oder weniger heftigen Eifersuchtsanfall begleitet waren. Aber welche neu verliebte Frau würde es als unangenehm empfinden, so unerhört besessen zu werden? Sie fühlte trotz ihrer Unerfahrenheit, daß er ein schwarzer Don Juan war, der es meisterhaft verstand, ihr die äußerste Summe an körperlicher Lust zu verschaffen, die das Duett zweier Menschen hervorzubringen imstande ist. Sie gewöhnte sich auch an seine, jeder Umarmung folgende, chemische Reinigungszeremonie. Denn anders konnte man den Ritus der Hygiene, dem er huldigte, wirklich nicht nennen. Diese peinliche Säuberung jedes Millimeters seines Körpers und diese Hingabe an die Seife, aus deren weißem Schaum er sich ein dickes Kleid anlegte, so daß er ganz den Lynchopfern des Ku-Klux-Klan ähnelte, die zuerst geteert und dann in weiße Federn gerollt werden. Woher hätte Alma auch ahnen sollen, daß sein Mißbrauch von Wasser und Seife einer krankhaften Angst entsprang, ihrer Nase zu mißfallen? So oft er den Schwamm weglegen wollte, gellte ihm das boshafte Wort ins Ohr, das man ihm zuerst auf dem Schulweg und später auf dem Lebensweg nachgerufen: »Stinkender Neger.« Und wieder fing er kritiklos von vorne an, sich mit Wasser und Seife zu behandeln. Trotzdem seine Haut die Bürste nicht vertrug, schrubbte er sich ab wie ein Pferd, und sein Körper wäre gewiß krebsrot angelaufen, wenn er nicht so schwarz gewesen wäre. Er goß Liter von Eau de Cologne über sich aus, und unzählige Male, tags und nachts, konnte er gurgeln, sich die Zähne putzen, pedi- und maniküren. Seine modellierten Bewegungen erschienen Alma nach den Gesten auf ägyptischen Reliefs kopiert. Seine Fußsohlen enthielten gewiß Spiralen, so tänzerisch federte sein Körper bei jedem Schritt. Mit seinen stilisierten Schultern, die fast doppelt so breit waren wie die unwahrscheinlich schmalen Hüften, und dem dreieckigen, immer symmetrisch und sauber wie Taxus geschnittenen Bart trat er gerade aus einem assyrischen Wandgemälde heraus. Alma hatte nicht umsonst Kunstgeschichtskurse im Louvre gehört. Seine Haut war durch den tausendjährigen Verbrauch an Sonne so glänzend poliert, daß Alma sich zuweilen aus Scherz ihrer als Spiegel bediente, um sich anzuziehen. Man konnte auf dieser Haut weder einen Pickel, noch ein Härchen, noch einen der schwarzen Mitesser finden, die das Privileg der weißen Rasse sind. Und immer wieder ging Alma in der finsteren Landschaft, die sich Jupiter Djilbuti nannte, auf Forschungsreisen aus, um stets entzückt mit einer neuen Entdeckung zurückzukehren. Alles war feiner an den Negern als an den Bleichgesichtern. Wie sie überhaupt in den ersten Wochen ihrer Ehe einen Kult mit der Farbe Schwarz trieb. Wie sollte sie auch den, der zum erstenmal all ihre Poren der Lust geöffnet und sie zur Frau ausgebildet hatte, nicht vergöttern! Immer noch sah sie wie ein schüchternes Schulmädchen an ihm herauf, wenn er ans Bett trat. Er hob sie auf und trug sie ans Fenster, durch das der heiße Juni rücksichtslos hereindrang. »Was für ein seltener schwarzweißer Holzschnitt, Juju, wir beide!«

»Und was für ein schönes Symbol, die Vereinigung zweier Kontinente! Wir müßten uns so photographieren lassen und das Bild als Propaganda in alle Welt schicken.«

Er lachte gurrend, das Lachen des Täuberichs.

»Bei mir zu Hause ist jetzt Regenzeit. Wenn ich daran denke, muß ich husten, so feucht wird es mir in der Brust. Aber sobald dort Frühling ist, im September, bringe ich dich hin. Dann wirst du die Sternbilder sehen, unter denen ich geboren bin, reines Gold. Die eurigen –«

er deutete auf den Himmel, »sind aus Doublé. Überall wirst du Gold finden, im Gestein, in den Flüssen, ja auf den Wegen meiner Länder. Das Öl meiner Ölbäume schmilzt in der Sonne und fließt dir kilometerweit golden entgegen. Aber du wirst es nie zu heiß haben, denn viele Wochen lang laufen dir die Plantagen meiner schattigen Gummibäume voraus. Ich besitze so viele, daß man mit ihrem Gummi die Pneus aller Autos in Frankreich, die Treibriemen aller Fabriken, die Isolierungen aller Kabel machen könnte.«

Er prahlte. Vielleicht hatte er auch wirklich ganz vergessen, daß die französischen Eroberer den eingeborenen Fürsten alles abgenommen und ihnen nur erlaubt hatten, Länder in der Ausdehnung von 1000 Hektar zu behalten.

Wahrhaftig, man konnte die Gummibäume, die ihm gehörten, mit Leichtigkeit zählen! Aber Alma sah ihn so bewundernd an, daß er sich wie ein Betrüger vorgekommen wäre, wenn er ihr nicht einen ungeheuren Besitz vorgelogen hätte.

»Oh«, jubelte sie, »nicht wahr, im Herbst fahren wir hin? Dann hat das Jahr zwei Frühlinge!«

»Ja, zwar werden meine Untertanen finden, daß ich eine Mesalliance gemacht habe, eine Weiße!« Er dehnte das Wort künstlich. »Pfui, eine Weiße! Aber sie werden sich doch vor unsern Wagen werfen und ihn selber vor den Palast ziehen. Sie werden dir fein ziseliertes goldenes Geschmeide bringen und Diamanten, denn sogar die Meteore, die dort vom Himmel fallen, enthalten Brillanten. Der Briefbeschwerer, den du auf meinem Schreibtisch siehst, ist ein Stück von so einem Meteor. Er soll von unserem besonderen Stern, dem Stern unserer Familie gefallen sein. Ein dynamischer Geist bewohnt ihn, den wir Niâma nennen und als Geist des Sterns verehren. Warum sollte man einen Stern nicht ebensogut anbeten können wie ein Kreuz? Jedes Volk kniet vor einer anderen geometrischen Form. Darum gibt es auch Stämme bei mir zu Hause, die einen blauen Stern eingeätzt auf der Stirne tragen.«

»Ganz wie die weißen Damen Nordamerikas, die sich jetzt ein Herz oder ein Kleeblatt auf den Rücken oder unter die Achsel als Schönheitspflästerchen tätowieren lassen«, lachte Alma.

»Alle Völker haben ihre Modenarrheiten, mein Kind. Die Boubies lassen sich die schwarzen Krepphaare mit rotem Ocker färben und ihre Frauen malen sich das Gesicht rot, und ...«

»Ein roter Neger, das muß komisch sein!«

»Und ihr«, schloß er pedantisch seinen Satz, er liebte Unterbrechungen seines Redestroms nicht, »ihr bleicht euer Haar mit Wasserstoff und schminkt die Wangen violett.«

Es war ihm aber doch nicht entgangen, daß sie zum erstenmal »Neger« gesagt hatte. Er zitterte vor dem Wort. Es enthielt in seinen fünf Buchstaben die Beschimpfung. Man sagte nie »Schmutziger Schwarzer«, sondern »Schmutziger Neger«.

»Aber nun tragen wir ja auch farbige Perücken über unsern ›Bubiköpfen‹«, scherzte Alma.

»Das macht ihr den Akalais nach, deren Frauen sich die Haare grün, rot oder gelb färben. Und die Amerikanerinnen und die wilden Babanghis ziehen sich beide die Augenbrauen aus.«

Sie lachten sich verliebt an. Keiner von ihnen hörte mehr das leise, klirrende Geräusch, das die fünf schwarzen Emaillebuchstaben des Wörtchens NEGER machten, die Alma soeben unachtsam hatte aus ihrem Mund fallen lassen. Fünf zerbrechliche Lettern, deren feindliches Tam-Tam mehr und mehr anschwellen und bald das ganze Haus erfüllen sollte.

Alma küßte wie eine Sklavin seine Hand. Er sah ihr beinahe von oben herab zu.

Ähnliche Hände hatten vor einer Generation noch

Sklavendienste geleistet. Freilich nicht die seinen, noch die seiner Vorfahren, es waren immer unzähmbare fürstliche Hände gewesen. Eines Tages würden viele solche Hände über die Weißen kommen. Hunderttausende, Millionen. In tausend Jahren war die helle übermütige Rasse vielleicht schon von der seinen aufgesogen.

Stolz und gebieterisch nahm er von Alma, die ihm die Synthese dieser Rasse bedeutete, Besitz.

10. Kapitel

Vier Wochen lang sperrte Jupiter die Welt mit dem Schlüssel vor die Tür hinaus. Sogar die Fenster machte er hermetisch zu, eifersüchtig auf jedes Geräusch, das von draußen neugierig hereindringen und Alma zerstreuen oder von ihm fortlenken konnte. Er ließ weder das Leben herein, noch Alma zu ihm hinaus. Am liebsten hätte er sie in eine Isolierzelle gesetzt. Nicht einmal ihrer Mutter erlaubte er zu kommen, geschweige denn einem andern Besuch. Und doch verlangte sie ja nach nichts anderem, als nach ihm und immer wieder nach ihm. Es war eine Zeit der Raserei. Er nahm sie überall, auf dem Tisch, auf dem Teppich, auf seinen Knien. Er ließ sich nicht die Zeit, sie aufs Bett oder aufs Sofa zu tragen. Er tanzte einen Dauertanz der Liebe. Er war so glücklich, nur fand er, daß seine Farbe gar nicht zu seiner Stimmung paßte. Warum konnte er nicht Mimikri annehmen! Eine Schutzfarbe der Seligkeit! Wie die Tiere sich der Erde oder den Pflanzen anpassen, um der Verfolgung durch das Schicksal zu entgehen. Aus seiner Haut fahren um das Schicksal zu täuschen! Denn mitten im Honigmond überfiel ihn zuweilen eine abergläubische Angst. Und doch bestand dieser Honigmond nicht einmal aus dem dunkleren Honig jener Ernte, bei der sich die Bienen von Lindenblüten nähren, sondern aus dem blonderen, der so rein und hell ist, weil die Bienen nur an weißen Akazienblüten gesogen haben.

Nach vierwöchentlicher Abwesenheit von der Erde erinnerte sich Jupiter daran, daß er ein Amt hatte und Karriere machen wollte. Vor seine Augen schob sich ab und zu das Kolonialministerium en miniature, appetitlich wie eine Attrappe aus weißem Zuckerzeug. Zuerst stand es auf dem Kamin, dann auf dem Rauchtisch, auf dem

Bufett, auf dem Flügel, im Badezimmer, ja selbst in der Toilette, kurz, diese verdammte Nippsache ließ ihm keine Ruhe mehr. Ehrgeiz und Liebe boxten sich in seinem Herzen. Übrigens hatte er nur drei Wochen Urlaub genommen. In der fünften Woche entschloß er sich schließlich, Alma allein zu lassen. Er suchte lange in seiner Bibliothek nach einem Buch, in dem kein Held vorkam, in den sich Alma verlieben könnte. Einen Roman von einem sanktionierten Autor der Académie Française, den sie wie Kamillentee einnehmen sollte. Fand einen René Bazin, den er sich einmal hatte illustrieren lassen. Er drückte ihn ihr in die Hand, empfahl ihr, sich zu schonen und ja nicht auszugehen, nahm seinen steifen Hut und umarmte sie, als träte er eine Reise nach den Kolonien an. Auf dem Treppenabsatz kehrte er ungesättigt noch einmal um und küßte sie wieder und wieder. Nur waren jetzt seine Küsse keine Gedankenstriche mehr, sondern Ausrufezeichen!

Er lächelte über die Mascotte, die schwarze Glückspuppe, mit den Schelmenaugen, diesen Article de Paris, den Alma ihm ins Auto gehängt hatte. Er lächelte. Er lächelte auch noch, als er vor seinem Diplomatenschreibtisch stand, der mit Stößen von Papieren bedeckt war.

Gesuche farbiger Soldaten, die nach vollbrachter Dienstzeit um die Erlaubnis nachsuchten, in Frankreich bleiben zu dürfen und nicht nach Afrika zurückkehren zu müssen, wie es das Gesetz vorschrieb, denn die Regierung wollte vorbeugen. Sie wußte, daß ein Rassenhaß nicht durch einige Negerexemplare entstehen konnte, die völlig zwischen den Weißen verschwanden, sondern daß die Anzahl reizt und zu Furcht oder Neid Anlaß gibt. Die Negerverfolgungen in Amerika und der Antisemitismus in der ganzen Welt konnten nur entstehen, weil sich zuviel Neger oder zuviel Juden unter die Eingeborenen gemischt hatten.

Da lagen Gesuche farbiger Domestiken, die schlaue Stellenvermittler mittelst bunter Glasperlenketten und seidener karierter Kopftücher nach der alten Welt herübergelockt hatten, um mit Dienstbotenhandel ein gutes Geschäft zu machen. Die schwarze Ware war billiger und zuverlässiger und darum heute gesuchter als die weiße. Die gutgläubigen schwarzen Mädchen, die sich auf einem Papier verpflichtet hatten, fünf Jahre bei den Weißen auszuhalten, weinten sich nun vor Heimweh nach ihrer Sonne die großen Murmeln ihrer Augen aus.

Da waren Gesuche von Kolonialmardern, die ihm Schiebungen vorschlugen, in Tiger-, Leoparden- oder Pantherfellen, Antilopen-, Gazellen- und Affenhäuten, Strauß- und Paradiesfedern, Eidechsen-, Schlangen- und Krokodilleder, zu Modezwecken natürlich, Wäldern und Pflanzungen, mit oder ohne Negerproletariat, um die Erde gleich richtig ausbeuten zu können, einheimischem Goldschmuck, Fetischen, Elfenbein, Schildpatt etc. etc. Alles Artikel, die eigentlich nur in den Kolonien selbst von eigens dazu errichteten Comptoirs eingehandelt und von Privatpersonen nicht ausgeführt werden durften. Was in diesen von Reichtum berstenden Ländern gehamstert und verschoben wurde, war nicht zu ermessen. Und Jupiter Djilbuti war, wie die meisten seiner Brüder, ein guter Geschäftsmann. Er lächelte nicht mehr. Die Bittsteller machten ihn heute nervös. Pedantisch schichtete er alles wieder hübsch übereinander, damit ja kein Papier über dem andern hervorsehen konnte, und legte den marmornen Briefbeschwerer darauf, der eine korinthische Säule vorstellte und um den sich, je länger er ihn anstarrte, eine kleine nackte Figur im Jugendstil zu winden schien: Alma!

War es möglich, vier Uhr! Eine Stunde erst lag zwischen ihnen! Es schien ihm ganz unerträglich, bis zum Abend mit dem Wiedersehen zu warten. In einer Viertelstunde konnte er in seinem Auto wieder zurück sein. Der Minister war schon seit mehreren Tagen abwesend. Er weihte im Süden ein Denkmal für einen »Unbekannten farbigen Soldaten« ein. Es konnte also nur von Subalternen nach ihm gefragt werden. Er sprang die Treppe hinunter zu seinem Wagen. Ein Befehl, und die Glückspuppe und er flogen dahin.

Drei Tage lang jagte ihn seine Leidenschaft zwischen Ministerium und Heim hin und her. Alma sprang ihm entgegen, sobald sie ihn an der Türe hörte und schrie: »Milla – Milla!« Das war die Begrüßungsformel der Peuhl, die er sie gelehrt hatte.

Als der Minister zurückkam, mußte er sich in Geduld trainieren: wie alle niedern oder hohen Beamten der ganzen Welt, morgens und nachmittags eine Anzahl lebendiger Stunden mit dem toten Kram ausfüllen, den man unter dem Namen »Amt« zusammenfaßt.

Nach ungefähr vierzehn Tagen wurde sein Chef plötzlich wieder nach Marseille abberufen, um eine Kolonialausstellung zu eröffnen, die von den Pariser Kolonialproduktenhändlern bezahlt war. Es war gerade ein Dienstagnachmittag. Um vier Uhr hielt es ihn nicht länger in seinem Arbeitsraum, er wollte Alma überraschen. Strahlend fuhr er zu ihr. Als er die Haustüre öffnete, bewegten sich seine Ohren nach vorn wie die Löffel eines Hasen. Er hörte Alma erschrocken von einem Zimmer ins andere stürzen, ja, er hörte an ihrem Schritt, daß sie erschrocken war. Und ihr kleiner Schrei, als er eintrat, bestätigte ihm seinen Verdacht. Es war kein Schrei der Freude. Sofort entdeckte er auch den leeren Fleck über seinem Schreibtisch, wo sonst ein großes Wandbild hing, die vergrößerte Photographie seiner Mutter, einer alten Negerin, deren Lachen weit über ihre Lippen, ihr Gesicht, ihre Ohren hinausging und die einen komischen Foulard auf dem Kopfe trug. Alma war das Bild von Anfang an peinlich gewesen. Alle farbigen Dienstboten trugen in Paris solch bunte lächerliche Tüchlein um ihr Wollhaar. Die europäisch angezogenen Negerinnen und diese hier ganz besonders, fand Alma, sahen immer aus, als spielten sie gerade ein Vaudeville. Aber da sie wußte, mit welch pietätvoller Anhänglichkeit – vielleicht der einzigen, die bei einem Neger von Dauer ist – Jupiter an seiner Mutter hing, hätte sie nie gewagt, ihn zu bitten, es von der Wand zu nehmen. Das Bild lag jetzt halb unter dem Diwan, wo sie es versteckt und nicht mehr rechtzeitig genug hatte herausziehen können.

»Was tust du da, Alma? Sieh mich an!« Aber Alma senkte den ganz in rote Farbe gebadeten Kopf nur noch tiefer, sogar ihr mondblondes Haar schien errötet zu sein. Daß ihr auch keine einzige Ausrede einfiel! »Ich langweilte mich, da hab ich Annette angerufen, Annette Martin, sie kommt gleich, und deshalb wollte ich ... ich wollte ...«

»Sag es nur, du schämst dich meiner Mutter.«

Er zog das Bild unter dem Diwan hervor. Feierlich und würdig ging er damit an ihr vorbei, zur Tür hinaus und trug es hinunter in seinen Wagen. Er saß ganz steif im Auto, als müßte er vor der Puppe seine Haltung bewahren. Ganz steif auch setzte er sich vor seinen Diplomatenschreibtisch. Als der Chauffeur das Bild in sein Kabinett hereintrug, schien er eifrigst in seine Arbeit vertieft zu sein. Erst als keiner seiner Schritte mehr an ihn erinnerte, schnellte er auf, kniete vor dem beleidigten Bild nieder, küßte die Stelle des Glases, hinter der der Mund lag und stieß in seiner Sprache den Schrei aus, den alle verzweifelten Kinder schreien: »Ekh Ma-ma!« Der Schrei, der alle Völker auf Erden zu Brüdern macht, den sie ein einziger Instinkt zwingt am Anfang und – bei dem Neger – auch am Ende des Lebens mit den Lippen zu formen. Er starb jetzt ein wenig, darum hatte ihm dieser Schrei den Mund gesprengt. Trotzdem es ein Dienstag war, war der Dämon, vor dem ihn kein noch so zauberkräftiges Amulett oder Vexierschloß schützen konnte, in sein Haus eingebrochen. Es war doch Dienstag!

Sollte Bamako, der große Zauberer, sich so geirrt haben?

11. Kapitel

Es dauerte mehrere Tage, bis er die Schmähung zu den andern Schmähungen fortlegen konnte, die sich im Laufe der Jahre in seinem Herzen wie ein Dossier gegen die Weißen angesammelt hatten. Aber trotzdem Alma hingebender war denn je, um ihn ihre Handlung vergessen zu machen, glaubte er manchmal – mißtrauisch wie er war – etwas wie eine Verschwörung in ihrem Gesicht zu entdecken. Es war nicht mehr so offen wie in den ersten Wochen, man sah ihm die zahlreichen Besuche Annette Martins an. Ein Dritter, ganz gleich welchen Geschlechts, ist immer irgendwie Gegenspieler in einer Ehe. Viele »Freundinnen« wären ihm lieber gewesen als eine einzige. Übrigens ließen die Besuche und Gäste nicht auf sich warten. Man war nicht umsonst Kabinettschef im Kolonialministerium. Jupiter litt darunter. Er fühlte sich wie ein Bestohlener, wenn Alma jenem ein Wort, diesem eine Freundlichkeit und allen ihre Hand zum Gruße schenkte. Am liebsten hätte er die Beschenkten erschlagen und sich so die Geschenke zurückgeholt, wie jener Goldschmied Cardillac des E. T. A. Hoffmann, der, um wieder in den Besitz des von ihm gefertigten Schmuckes zu gelangen, den Käufer stets einen Tag nach der Ablieferung ermordete. Ihr Lächeln erschien ihm ein ebenso kostbarer, dem Kunden nach Maß gemachter Schmuck. Und wenn sie davon einem der Gäste eine zu große Dosis verabreichte, die, wie es ihm schien, in keinem Verhältnis zu dessen Dimensionen stand, gab es nachher stets einen kleinen Streit, der den gelblichen Schwefelgeruch der Eifersucht hatte und schon eine leicht ätzende Wirkung hinterließ.

Annette, schnell zur Vertrauten Almas avanciert, unternahm es, die ersten kommunistischen Gefühle in der jungen Frau gegen Jupiter zu erwecken, den sie als einen primitiven Kapitalisten des Gefühls hinstellte, der sich einbildete, eine Frau in einem Safe verwahren zu können.

Es war wohl irgendein revolutionärer, trotziger Zug in ihrem kindlichen Gesicht, der Jupiter abends, wenn sie von ihren Einkäufen mit Annette nach Hause kam, unangenehm auffiel. Und doch war sie strahlender Laune. Sie konnte endlich ihrer Passion des Einkaufens huldigen, der alle Frauen wie einer Massenpsychose verfallen sind. Am andern Tag hielten die großen Wagen des Bon Marché, der Galeries Lafayette, des Printemps, der Trois Quartiers und des Louvre in langer Reihe vor dem Haus und die Boten trugen einer hinter dem andern wie in einem Scherzfilm die Pakete in die Etage Jupiter Djilbutis hinauf. Und Alma verbrachte ihren ganzen Vormittag mit Aus- oder Wiedereinpacken, um sich die prachtvolle französische Großzügigkeit zunutze zu machen, die so fein mit der Psychologie der Frauen rechnet und ihnen erlaubt, gekaufte Waren einfach am andern Tag zurückzugeben. Während die Zofe, Oali und die Köchin draußen kopfschüttelnd und lachend die Pack- und Seidenpapiere, geblümten Kartons und Schachteln aus imitiertem Moiré auf dem Küchenbalkon aufschichteten, den sie in drei Metern Höhe und zwei Metern Länge einnahmen.

Aber niemals noch hatte Jupiter sie begleitet. Er hatte es fertig gebracht, unter tausend Ausreden den gemeinsamen Ausgang, vor dem er sich so sehr ängstigte, wieder und wieder hinauszuzögern. Aber bald mußte sie merken, daß er sich davor fürchtete, neben ihr als Schatten zu gleiten.

Und der Abend kam, an dem der Proviant ihrer Geduld erschöpft war und sie darauf bestand, mit ihm ins Theater zu gehen. Zuvor hatte er genau die Formen und Lage aller Logen der Pariser Theater überdacht. Hier waren sie zu sehr wie Proszeniumslogen gebaut, die kritischen Blicke herausfordernd, dort wieder waren sie zu grell beschienen, denn die Beleuchtung war sehr zu berücksichtigen. Sie konnte ihm vorteilhaft und nachteilig sein. Je nach dem Licht sah er kakao- oder erdfarben, rehbraun oder schwarz aus. Er wollte eine Baignoir nehmen, eine vergitterte Loge. Aber Alma öffnete gewiß das Gitter, denn welche Frau möchte sich der Blicke berauben! Bewundernde Blicke sind die Kolatabletten des weiblichen Geschlechts. Und wenn sie erst das Gitter öffnete, so überschwemmte eine Herde neugieriger Augen die Loge.

Er entschied sich für das Theater der Champs Elysées. Dort gab es halbdunkle Logen, und das Publikum bestand aus Snobs, die die Anwesenheit eines Exoten sympathisch empfanden. Auf das Stück, das gespielt wurde, kam es ihm dabei gar nicht an. Wieviele Menschen, die ins Theater gehen, denken auch an das, was dort gegeben wird? Sie gehen aus zwanzig Gründen aus, aber nur nicht um des Theaterstückes willen. Es gab jedenfalls kein Ehebruchsdrama. Das war das einzige, worüber er sich orientiert hatte.

Alma war noch blonder als gewöhnlich in ihrem silbernen Kleid. Sie war ihm viel zu blond heute abend. Es quälte ihn, daß Fremde an dieser Blondheit wie an hellem Nougat naschen sollten. Dafür hatte man aber Gottseidank die Schminke erfunden. Er wollte ihr ein zweites Gesicht über ihr eigenes ziehen.

»Du mußt mehr Rouge auflegen, Liebste, und dich stärker pudern.«

Sie lachte. »Und du mußt Blau auflegen, Juju!«

Willig ließ sie sich von ihm in ihr Boudoir hinüberführen. Ja, er setzte ihr einfach eine Maske auf. Sie sollte gar nicht lebendig aussehen. Er wollte sie so weiß antünchen, wie man es bei ihm zu Hause mit den hohen Toten macht. Er nahm die Puderquaste und fuhr ihr wie ein Anstreicher über Schultern, Hals und Gesicht. Sie prustete und wehrte sich belustigt, während sie sich im Spiegel besah.

»O, man weiß ja, daß ihr Schwarzen gar keine malerische Begabung besitzt!« Er aber konnte nicht aufhören, jeden Millimeter ihrer Haut zu verstecken.

»Sieh doch mal, was für eine fremde Frau du aus mir machst, Juju!«

»Meine eigene Frau soll zu Hause bleiben, ich will nur die fremde Frau ausführen.«

»Die Frauen deines Vaters waren ganz nackt. Dein Vater hätte viel zu tun gehabt, sie zu bemalen.«

»O, den Frauen, die ihn betrogen, zeichnete er die Körper mit langen roten und weißen Kreidestreifen, wenn er nicht vorzog, sie zu töten. Übrigens waren sie dezent in schwarze Witwenfarbe gehüllt, das einzig Weiße an ihnen, die Nägel, färbten sie rot.«

»Und die Zähne zog man ihnen aus«, lachte Alma, »oder malten sie die auch schwarz oder rot an?«

»Nein, aber sie wurden spitz zugefeilt, so spitz wie deine kleine rosa Zunge.«

Er küßte diese kleine Zunge, um ihre Besitzerin willig zu machen, nahm dann den Fard und legte ihr eine rosa Schicht auf die Wangen, so daß sie ganz und gar einer Marionette glich.

Also präpariert, legte er ihr das Cape um und führte sie immer scherzend hinunter.

Im Wagen lehnte sie sich gegen ihn:

»Weißt du, Juju, daß ich einmal gewettet habe, deine Zunge sei schwarz? Nur deshalb wollte ich dir damals vorgestellt werden.«

»Manche Männer überreden mit ihrer Zunge und andere schweigen damit oder brauchen sie nur herauszustrekken, um eine Frau zu gewinnen«, sagte er überheblich.

Das schönste Theater von Paris hielt vor dem Auto. Hastig stieg er aus, half ihr heraus und hob sie fast von der Auffahrt über Treppe und Korridor in die Loge hinein. Jedenfalls ging alles so schnell, daß sie nicht einmal Zeit hatte, sich umzusehen. Die Loge war schwach beleuchtet und ganz versteckt. Nachdem der Vorhang aufgegangen, wurde sie überhaupt zur Dunkelkammer, in der Jupiter mit seinen lichtempfindlichen Händen aus den von innen strahlenden blonden Brüsten, Knien und Armen Almas zarte Aufnahmen machte. Solange er sie berührte, war sie sein. Aber es wurde Licht. Leider kam die Pause.

Der elektrische Strom seiner Hand setzte aus. Alma wollte im Foyer gesehen werden. Abergläubisch wie immer berührte er sein Amulett, bevor er hinausging. Eitel und doch zugleich unsicher wiegte er sich neben ihr, scherzte nervös und schien sie dabei immerzu anzusehen, fing aber in Wirklichkeit in diesem Seitenblick wie in einem jener kleinen an den Führersitzen der Autos angebrachten Hohlspiegel alles auf, was hinter seinem Rücken passierte. Er brauchte den Kopf nicht zu drehen, wie die Weißen, um zu sehen, was hinter ihm vorging. Aber sein Argwohn ließ ihn alles verzerrt beobachten. So sah er höhnische Blicke, die ihnen nicht galten, hörte Gelächter, die nicht gelacht wurden, und Spottworte, die vielleicht auf den Zungen reiften, aber noch nicht gefallen waren. Denn vorerst folgte dem seltsamen Paar eine unnatürlich schonende Stille nach. Endlich, nachdem man sich ein wenig von seiner Verblüffung erholt hatte, begann man sich zu stoßen und allerlei Bemerkungen zu machen.

Ein Amerikaner sagte zum andern, natürlich auf eine für weiße Ohren berechnete Distanz: »Das bringt auch nur eine Französin fertig, sich so einem Nigger an den Hals zu werfen.«

Der Nigger aber hörte es doch, und wie immer floß aus seinem Herzen etwas rotes Blut unter dem Peitschenhieb, schamloserweise von demselben roten Blut, das auch in den Adern des Yankee floß. Gottseidank nur, daß Almas Ohren auf diese Entfernung nicht eingestellt waren! Er sah sie an mit dem schmerzlichen Ausdruck, der auch noch den wildesten Neger sympathisch macht. Für sie wenigstens gab es noch keine schwarze Schmach, für seine weiße Lilie, schlanker als Zuckerrohr.

Der Abgeordnete Lelong grüßte ihn und Alma mit einer tiefen Verbeugung. Jupiter neigte ein wenig seinen Kopf und sah, wie er hinter ihnen mit Frau und Tochter stehen blieb, worauf nach längerem Tuscheln alle drei in ein verhaltenes, belustigtes Gekicher ausbrachen. Ahnungslos übte sich Alma neben ihm in dem damenhaften Schritt, der der Frau eines Kabinettschefs des Kolonialministeriums am besten stand. Es kam ihr nicht einmal in den Sinn, daß man einen so hoch gestellten Mann bespötteln konnte. Arme Alma! Und wäre er selbst Zar von Afrika, drei Viertel der weißen Menschheit sähen heute in ihm noch nichts anderes als einen Lustspielstoff. Schon näherte sich die Pause dem Ende. Man schien sie vergessen zu wollen, als jemand plötzlich halblaut sagte:

»Das ist ja das Märchen von Andersen: Die Hirtin und der Schornsteinfeger.« Worauf ein ebenso taktloser Witzbold antwortete:

»Nein, das ist ›Champagner und Chokolade‹.«

So nannten sich zwei berühmte Clowns aus dem Zirkus Medrano, die gerade sehr en vogue waren. Der eine von ihnen trat ganz weiß angemalt auf, der andere chokoladenbraun. Das weißgepuderte Gesicht Almas schminkte jetzt die Scham purpurrot. Sie sah sich nach den Beleidigern um. Gewiß würden alle zivilisierten Zuschauer ihre Partei ergreifen. Aber sie sah nur in eine dem Witz beifallachende boshafte Menge. Erbittert blickte sie Jupiter an, dessen sonst an Mimik so überreiches Gesicht nichts ausdrückte, weder gekränkten Stolz, noch Wut, noch die Absicht, den Gegner zu stellen. Sie kannte ihn nicht. Sie wußte nicht, wieviel Kraft es ihn kostete, die Haltung zu bewahren und die Haut seines Gesichtes glatt und elastisch wie Gummi über die Muskeln zu spannen, in denen der Schmerz saß.

Während sie beide eilig in ihr Auto flüchteten, dachte er resigniert: Einmal mußte es doch kommen. Als sich neulich beim Tee des Unterstaatssekretärs Joly die Kreolin de Mortel mit ihrer Tochter bei unserem Eintritt erhob und den Salon panikartig verließ, ahnte Alma noch nicht, daß diese Flucht mir galt. Eine Kreolin einen Raum mit einem Neger teilen! Von den Kolonien her gewohnt, daß ihr dieser schwarze Hund die Füße leckt! Heute ereilt es uns in einer andern Form. Früher oder später mußte es Alma doch zu spüren bekommen. Nun würde es sich zeigen, wie tief sie für ihn fühlte.

So selbstsicher er auch war, er konnte nicht umhin, davor zu zittern, daß dieser erste Steinwurf die Korruption ihrer Liebe nach sich ziehen könnte.

Als er sie im Wagen in den Arm nehmen wollte, wehrte sie trotzig ab. Vielleicht hätte sie wirklich ein Angriff auf ihn allein ihm eng verbündet, da der Spott aber auch ihr gegolten, richtete sich ihr Zorn jetzt gegen ihn.

»Du bist schuld, du hast mich albern wie eine Clownin angestrichen!«

»Die Mentalität der Weißen ist schuld, mein Kind. Gerade weil du wie ein Engel aussiehst, verzeihen sie es dir nicht, dich in den Satan verliebt zu haben.«

Er sagte es mit einer ehrlichen Bitterkeit, seine sonstige Vorsicht ganz vergessend.

»Und warum bist du feige, feige wie ein Jude?«

»Vielleicht sind wir die schwarzen Juden des zwanzigsten Jahrhunderts. Was hilft gegen unsere Unterdrückung die Auflehnung eines einzelnen! Die Haut des Negers reizt den Weißen ebenso, wie im Mittelalter jener gelb und rote Stoffetzen, den die Juden tragen mußten, die Christen reizte.«

Zum erstenmal ahnte Alma, was ihr an seiner Seite bevorstand, ahnte etwas von dem Martyrium, das einem Schwarzen in den »zivilisierten Ländern« außerhalb des Kreises, der ihn kennt und schätzt, täglich, stündlich bereitet wurde. Wie traurig er sie ansah! Sie überließ ihm ihre Hand aus Mitleid, nicht aus Liebe. Er mißverstand die Gebärde, drückte seine Lippen gegen ihr Handgelenk und an das rosa Zelluloid ihrer Nägel. Aber als er sie dann küssen wollte, wich sie aus. Von heute ab war er nicht mehr ihr Herr, sondern ihr Neger. Zum erstenmal schützte sie in dieser Nacht große Müdigkeit vor, als er sie nehmen wollte. Er zwang sich, es ihr zu glauben. Gierig sammelte er ihre Atemzüge, ihren Geruch, als müßte er sich vorsehen für ärmere Zeiten. Nur ihrer Träume konnte er nicht habhaft werden. Eifersüchtig überlegte er, daß es noch kein Mittel gab, die Träume des andern mitzuträumen. Ratlos stand er vor einer Barriere. Er hätte gern den Schlaf ermordet. Als sie zufällig einmal erwachte und sich nach seiner Seite drehte, sah sie seine offenen Augen in der Dunkelheit wie das Radium einer Uhr alle schlaflosen Stunden der Nacht anzeigen.

Mitleidlos drehte sie sich nach der andern Seite.

12. Kapitel

Annette erzählte Alma, daß man ihr den Spitznamen die »blonde Negerin« gegeben habe. Alma tat, als berühre es sie nicht. In Wirklichkeit war sie von einer hysterischen Empfindlichkeit. An der Seite Jupiters ging sie in kein Geschäft, kein Restaurant, besuchte kein Theater, ohne vor einer Anspielung zu zittern. Ja, sie erwartete sie überall, sie forderte sie geradezu heraus. Trotzdem hatte sie es für ihre Pflicht gehalten, in den Wochen, die dem Abend in den Champs Elysées folgten, sich noch einige Male mit ihm in der Öffentlichkeit zu zeigen. O, es war dies keine Kundgebung des Herzens, nur eine Art moralisches Schmerzensgeld, das sie Jupiter wie eine Abfindungssumme zahlen wollte, weil sie sich selbst nach und nach wieder zurücknahm.

Als ihr bei einem Tee, den sie gaben, mehrere Familien absagten, schob sie es auf das Konto von Jupiters Hautfarbe. Wenn zwei Menschen in ihrer Nähe miteinander scherzten, bezog sie diesen Scherz auf ihn und sich. Sie durchsuchte die harmlosesten Gesichter darauf hin, ob sie nicht etwas Schadenfreude verbargen über das Gebrechen ihres Mannes. Wahrhaftig, sie fing an, seine Farbe als Gebrechen zu empfinden. Es ging ihr wie der Frau eines Buckligen, die unfreiwillig an dessen Verkrüppelung mitzutragen hat. Aber obwohl sie äußerlich seine Sache zu der ihren zu machen schien, glättete sich ihr Verhältnis seit jenem Zwischenfall nicht wieder. Im Gegenteil, Jupiter hatte selbst dazu beigetragen, es zu verschlimmern. Gezwungen, den Minister zu einer Kolonialtruppenschau zu begleiten, hatte er Oali befohlen, während seiner zweitägigen Abwesenheit vor der Tür des Schlafzimmers zu schlafen. Alma empfand diese auf die Spitze getriebene Bewachung als Erniedrigung, und bei seiner Rückkehr kam es zu einer heftigen Auseinandersetzung, die in einem Tränenstrom Almas endigte. Ein Tränenstrom, der ein für allemal den eisernen Jupiter in zwei Stücke brach: das eine davon lag auf der Erde, ihr zu Füßen, das andere ging ihr mit einem Hundeblick bis an die Hüften. Darüber tanzten ihre entfesselten Launen den Kriegstanz. Schon lange begrüßten sie sich nicht mehr lachend mit »Milla – Milla«. Sie nannte ihn nicht mehr Juju, sondern Jupiter, obgleich es ihr selbst eine Strafe war, so sehr haßte sie diesen lächerlichen Namen. Es reizte sie, wenn er ihr Stücke aus uralten Opern, die ihm neu vorkamen, zusang. So zum Beispiel aus dieser ranzigen ›Galatée‹ von Victor Massé:

»Sa couleur est blonde et vermeille,
Son sourire est plus doux encor',
On dirait qu'un rayon sommeille
Epanoui dans son flot d'or.«*

Ihre Lächeln straften diese Zeilen schon lange Lügen, da sie mehr und mehr mit ihnen zu geizen begann. Sein Schwur »Per Jovem« erregte ihren Zorn. Sie wurde ungeduldig über seine Rhetorik, die zuweilen ganz unlogisch weit ausholte und ihn immer wieder von Dingen erzählen ließ, die gar nichts mit der Sache zu tun hatten, von der sie eben sprachen. Er tanzte nicht mehr vor ihr, weder den Sonnen- noch den Liebestanz. Und sie legte seinen Schmuck nicht mehr an. Jetzt, da sie sich zu entlieben begann, sagte sie sich, daß er doch einen Geruch habe, den auch kein Liter Eau de Cologne wegspülen konnte. Das Palmöl, mit dem er sich einrieb, wenn es draußen feucht war, war ihr unangenehm. Jetzt erst sah sie an ihm die etwas betonten Backenknochen und den starken Kie-

* Ihre Farbe ist blond und blühend rot / Ihr Lächeln ist süßer noch / Man meint, ein Strahl schlummert / Erblüht in ihrem Strom aus Gold.

fer seiner Rasse. Seine Waschungen, sein Schnuppern und Schnüffeln nach dem Wind, je nach dessen Richtung er sich wärmer oder leichter anzog, gingen ihr auf die Nerven. Als ob man kein Thermometer im Haus gehabt hätte. Vor dem Geräusch des eisernen Kammes, mit dem er sich kämmte, bekam sie eine Gänsehaut. Seine ewig braunen Anzüge, die er tagaus, tagein trug, weil sie am diskretesten mit seiner Farbe übereinstimmten, wurde sie satt.

Alle seine fremdartigen Gewohnheiten, von denen jede einmal ein Vorzug gewesen, rechnete sie ihm jetzt als Fehler an. Und eines Tages brach sie aus.

Wie die meisten Neger scheuerte er sich nach dem Essen die Zähne mit einem Stäbchen aus irgendeinem afrikanischen Holz, das vorn wie ein kleiner Besen zerschlissen war. Er konnte sich anderthalb Stunden lang nach den Mahlzeiten dieser Reinigung hingeben. Schob das weichgekaute helle Stöckchen von rechts nach links und von links nach rechts.

Als er eines Abends auf dem Diwan lag, beinahe versteckt hinter ›Figaro‹ und ›Temps‹, stand plötzlich Alma vor ihm und riß ihm das Hölzchen aus dem Mund. Ärgerlich schrie sie:

»Du könntest doch ein bißchen Rücksicht nehmen auf europäische Nerven. Du machst mich krank mit diesem Schaben!«

Erschrocken sah er sie an. Das Stöckchen war nur ein Vorwand, ein Ventil ihrer Gereiztheit.

»Aber natürlich«, sagte er höflich, »natürlich opfere ich dir dies Stöckchen«, und in seiner Ratlosigkeit fuhr er ungeschickt fort:

»Es gibt übrigens nichts Besseres zur Erhaltung der Zähne, wenn du es versuchen willst …«

»Nächstens werde ich mir noch einen Ring durch den Mund ziehen! Man nennt mich ohnehin schon die ›blonde Negerin‹«, sagte sie böse.

»Wirklich die blonde Negerin«, wiederholte er fast flüsternd, »und du empfindest das wohl als eine... eine Beschimpfung?«

»O, nein, eine Schmeichelei!« entgegnete sie schnippisch und spiegelte sich in ihren frisch manikürten Nägeln. »Auch das Plastron solltest du nicht tragen«, setzte sie noch erregter hinzu.

Dieses Plastron, das sie täglich bei seiner Toilette zu sehen bekam, hatte sich im Laufe von drei Monaten um einundneunzig Plastrons vermehrt, und mit jedem Plastron hatte auch ihr Widerwille dagegen zugenommen. Einundneunzig Proteste warteten darauf, hinausgeschrien zu werden. Er konnte ihr nicht so schnell in ihren weiblichen Assoziationen folgen. Er war ganz und gar nicht boshaft.

»Welches Plastron?«

»Nun, diese lächerlichen wollenen Kinderlätzchen, die du jetzt schon den ganzen Sommer unter dem Hemd auf der Brust trägst. Das Amulett ist schon albern genug!«

»Du weißt, Alma, daß wir an andere Temperaturen gewohnt und sehr empfindlich sind. Aber ich hole mir gern für dich eine Bronchitis. Wünschest du sonst noch etwas?« sagte er steif.

Das »Nein« klang schon ziemlich einlenkend. Er erhob sich, kaum merklich nach vorne gebeugt. Wirklich hatte er schon einige Zentimeter seiner herrlichen geraden Haltung in den zwei letzten Wochen eingebüßt. Auch seine Haut war grau und matt geworden. Sie glänzte nicht mehr wie der Lack von Coromandel, dem selbst einige Jahrhunderte Meerwasser nichts hatten anhaben können. Die Tränen, die in ihm nicht fließen konnten, da er die Technik des Weinens nicht meisterte, gaben ihm ein abgenutztes Aussehen.

Das Schlafzimmer schloß sich fast lautlos hinter ihm. Alma grollte ihm nur noch mehr, weil er sie mit diesem sanften Abgang beschämte. Eine krachend ins Schloß geworfene Tür hätte sie ihm eher verziehen. Sie saß da mit gesenktem Kopf und starrte auf das Stöckchen zwischen ihren Fingern. Sie haßte und liebte ihn. Es freute sie und es tat ihr leid, ihn zu quälen. Das Stöckchen entsank ihrer Hand und sie folgte ihm mit dem Blick. Da lag es in ihrem Schoß gerade an der Stelle, die an ihrem Doppelgefühl schuld war. Sie stöhnte. Was ging in ihr vor? Fürchtete sie sich? Freute sie sich? Sie wußte es selbst nicht. Wie würde es aussehen, das Kind von Jupiter und Europa? Würde es gezeichnet sein wie ein Zebra? Eine Mißgeburt aus Weiß und Schwarz? Immer wieder dachte sie an die Worte Jagos im ›Othello‹, da dieser den Vater der Desdemona höhnt:

»Ihr wolltet einen Berberhengst über Eure Tochter kommen lassen. Ihr wollt Enkel, die Euch anwiehern, wolltet Rennpferde zu Vettern und Zelter zu Neffen haben?«

Sie scheute jetzt davor zurück, sich zu ihm ins Bett zu legen. Jeden Abend zögerte sie es länger hinaus. Ja, sie scheute sich noch mehr davor, ihn anzusehen. Der Aberglaube aller Schwangeren, sich zu »verschauen«, saß in ihr. Je mehr sie ihn ansah, desto schwärzer mußte das Kind werden. Sie wollte es vor der Qual der verachteten Farbe retten. Sie wollte sich die Augen aussehen an hellen Menschen und hellen Dingen, um die Natur zu zwingen, den Mischling ihr und ihrer Rasse ähnlich werden zu lassen. Einen Augenblick lang dachte sie an Olaf – in aller Unschuld – als an den blondesten Menschen, den sie kannte. Aber was half es ihr, wenn selbst das Kind, dessen Kinder und Kindeskinder sich unter der hellsten Farbe ihrer Landsleute verbergen konnten. Irgendwann einmal, in der dritten oder fünften Generation, gebar eine überraschte Mutter wieder ein dunkles Kind, das alle Kennzeichen des Negerahnen an sich trug. Noch bis ins zehnte Glied wurde sie verflucht, weil sie sich so leichtsinnig verschenkt hatte. Und doch waren die Mulatten und vor allem die Mulattinnen fast immer von eigenartiger Schönheit. Zwar sagte man ihnen nach, daß sie die Fehler beider Rassen und keine ihrer Tugenden erbten, aber das war vielleicht nur eine Verleumdung.

Morgen schon, übermorgen, jeden Tag wollte sie in den Louvre gehen. Die leuchtendsten Körper aller Zeiten sollten ihr Modell stehen. Aber vielleicht waren auch die mit Ölfarbe gemalten Leiber noch nicht licht genug, um auf die Frucht, die sie trug, genügend Einfluß zu haben? Nein, sie mußte sich in dem Griechensaal stundenlang vor die Steingötter des Phidias und Praxiteles stellen. Unmöglich konnte sie ihrem Kind das Rotbraun der Peuhl oder das Schwarz der Tukuleur als Geschenk auf die Welt mitgeben. Ja, selbst das Quittengelb der Mestizen erschien ihr noch eine tragische Mitgift. Die weißen Götter mußten ihr helfen. Ihr Kind sollte weiß werden, weißer als Gips. Getröstet erhob sie sich.

Mitleidig dachte sie an Jupiter. Sie hatte ihn doch sehr beleidigt. Er wachte nebenan und sein Gesicht zeigte gewiß diese unsägliche Trauer, die selbst ein Tragöde nicht auszudrücken imstande war. Sie wollte ihm dafür die größte Seligkeit seines Lebens bereiten. Eine böse Hemmung ließ sie zögern. Oder sollte sie ihm die Freude noch nicht machen? Bah, mochte er doch leiden, zur Strafe dafür, daß er so schwarz war! Da lag er schlaflos im Bett wie ein schwarzer Dominostein und seine offenen Augen waren die zwei weißen Punkte darauf.

Aber noch einmal siegte das Gute in ihr. Sie öffnete die Tür des Schlafzimmers.

13. Kapitel

Die Freudenbotschaft schleuderte Jupiter ganz aus der Bahn. Nicht nur eine Alma, zwei Almas, eine ganze Serie von Almas sah er vor seinen berauschten Augen. Eine endlose Fortsetzung ihrer Blondheit. Er träumte – gegen alle Regeln der Natur – von himmelblauen Kindern. Mit einer geradezu herausfordernden Schwäche und Gutmütigkeit ertrug er jetzt alle Launen Almas. Ihre Gereiztheit, die sich von Tag zu Tag steigerte, schob er natürlich einzig und allein auf ihren Zustand.

Gleich am Morgen nach dieser denkwürdigen Nacht war er vor sein liebstes N'Kissi getreten, den magischsten seiner Götzen, und hatte einen Nagel unterhalb des Armes der Holzfigur eingeschlagen. Das war ein Gelübde, das er tat. Für Alma und für das Kind. Er sagte Alma nichts davon, denn er war vorsichtig geworden. Unberechenbar konnte sie heute seine Gesten bewundern und sie morgen verdammen. Als ob die Weißen nicht ebenfalls kleine Wachsglieder oder Kerzen in den Kirchen vor den Altären aufhängten! Für ihn war das Kreuz auch nur ein Fetisch. Mittags brachte er Alma den schönsten Smaragd mit, den er in der Rue de la Paix hatte finden können. Sie strahlte. Er hatte hunderttausend Francs für dieses Lächeln bezahlt und er bedauerte nur, daß er keinen teureren Stein hatte finden können. Er hätte die ganze Frau am liebsten in Diamanten fassen lassen. Er vergaß über ihrem neuscheinenden Lächeln, daß sie das letzte Mal, als er ihr einen Strauß Rosen mit den Versen überreicht hatte:

»Laisse-moi le fond noir des choses,
Garde les roses«*,

* Laß mir der Dinge schwarzen Grund / Behalte du die Rosen

als Dank nur geantwortet hatte: »Laß doch diese ewigen Zitate.« Und als er ihr stolz erklärte, daß die Verse von Sully Prudhomme seien, erwiderte sie: »Du und nicht er hättest Silly heißen müssen.« »Was heißt das?« wollte er fragen, denn er konnte nicht englisch. Aber sie war schon hämisch lachend hinausgegangen. Und dann hatte er im Ministerium in einem Diktionär nachgeblättert: Silly = einfältig. Drei Tage lang, solange die Rosen hielten, hatte er einen Geschmack von Bitterwasser im Munde, sooft sein Blick auf die einfältigen Blumen fiel. Heute brauchte er ihr Lächeln in keinem Diktionär nachzuschlagen. Es war leicht zu übersetzen und immer noch im Zunehmen begriffen. Zwei Tage lang. Ihre gute Stimmung ließ erst nach, als er sie mit seiner Fürsorge zu quälen begann. Sie sollte dies nicht essen, sonst würde der Leib des Kindes zu aufgetrieben, und jenes nicht trinken, sonst bekäme es einen dicken Kopf. Sie sollte nicht Auto fahren, denn das war gefährlich, und dreimal täglich um den kleinen See im Bois de Boulogne herumgehen. Er telephonierte an verschiedene gynäkologische Kapazitäten und meldete sie bei ihnen an, während Alma, sobald er im Ministerium war, alle Visiten wieder abbestellte. Lächerlich, sie war doch erst im zweiten Monat. Und mehr denn je ging sie nachmittags einkaufen, denn jetzt kaufte sie für zwei. Der Morgen jedoch sah sie in den Meistersälen des Louvre. Spaziergänge langweilten sie. Einige Tage darauf kam sie verspätet und mit glühendem Gesicht zum Abendessen nach Hause. Die Zofe, der sie den Hut hinwarf, sah sie witternd an. Dann sagte sie schnell, der Herr habe schon beunruhigt Annette Martin angerufen. Es war eine Zofe mit feiner Psychologie, die nicht umsonst auf einen langen Stammbaum von Zofen zurücksah, die in der Tradition der Kammerfrauen prämiert waren. Sie verstand es, ihrer Herrin im Ehebruch zu sekundieren. Alma war gewarnt. Sie hatte sich zu hüten, Annette Martin als Ausrede in den Mund zu nehmen. Alma fuhr hastig mit der

Puderquaste über ihre zu roten Wangen, denn sie hörte Jupiters Schritte auf sich zukommen. Liebenswürdiger als sonst gab sie seinen Kuß zurück. Er hielt sie aber sofort von sich ab und betrachtete aufmerksam ihre Nase.

So, sie hatte Einkäufe im »Printemps« gemacht? Mit Annette?

»Nein, allein!«

Er sah wieder auf ihre Nase. Gestern hatte sie nur zwölf Sommersprossen gehabt. Wie oft hatte er sie heimlich gezählt in seiner Verliebtheit. Heute waren es deren fünfzig. Auch roch sie anders als sonst. Nach Sonne und Sauerstoff. Artikel, die es im Warenhaus nicht gab. Während des Essens flimmerte es ihm vor den Augen. Rostrot, als habe er selbst zuviel in die Sonne geschaut. Die Teller waren mit Sommersprossen bedeckt und das Blumenmuster, das sie sonst zierte, war dahinter nicht mehr zu erkennen. Die Zofe, die einen Rohrpostbrief hereintrug, hatte Sommersprossen. Nur Oali, dort am Serviertisch, hatte keine. Der hielt treu zu ihm. Natürlich, er war auch schwarz. Er konnte sie nicht bekommen, diese goldenen Flecke, sie waren die Tätowierung der Weißen. Vielleicht waren es auch Brandmale, mit denen die Lügnerinnen gezeichnet wurden. Er, der so begabt für die Lüge war, fand keine Entschuldigung für sie. Ein Lügner hat wenig Duldsamkeit für den andern Lügner. Alma aß, ohne zu wissen, daß sie aß. Wenn er nur seine zwei unheimlichen, wie Moiré schillernden Augen von ihr wegnehmen wollte. Sie wagte nicht von ihrem Teller aufzublicken. Jetzt konnte sie aber nicht mehr zurück. Er hätte es ja auch nicht geglaubt, daß sie Olaf zufällig begegnet und ganz harmlos mit ihm spazierengegangen war. Wie ein Zauberer bannte er sie mit seinem Blick. Vielleicht hatten die Neger die Fähigkeit, in den Augen noch Teile der Bilder zu sehen, die sich vor einer Stunde darin gebrochen und gespiegelt hatten? Es war alles möglich. Sie wurde immer abergläubischer neben ihm.

Nach dem Essen floh sie, unter dem Vorwand, müde zu sein, ins Schlafzimmer. Sie hörte ihn nebenan eigentümlich atmen. Als er ihr nach einer Viertelstunde nachkam, stellte sie sich schlafend. Er machte Licht, das Licht verdoppelte sich, verzehnfachte sich vor seinen Augen. Das ganze Zimmer war gebatikt von Sonnenflecken. Sie fühlte plötzlich seine gefährlichen Blicke über ihr Gesicht rieseln. Er mußte neben ihr stehen. Nach fünf Minuten hielt sie es kaum mehr aus.

»So a teffi, a heban.«* Er stieß die singenden Worte hoch und gereizt aus. Erschrocken riß Alma die Augen auf und sah in ein grausames Gesicht. Sein Urwaldgesicht, vor dem ihr graute:

»O, wie du aussiehst!«

»Wo hast du dir die Sommersprossen geholt?«

»Wie du aussiehst! Als ob ich nicht immer im Sommer...«

»Wo hast du die Sommersprossen her?!«

»Ich nahm den Hut ab auf der Straße.«

»In ganz Paris geht keine einzige Französin ohne Hut auf der Straße. Und die Sonne auf dem Opernplatz hätte höchstens die Kraft, dir drei Sommersprossen zu machen. Wo hast du sie her?«

»Ich hab sie doch immer, auch gestern und vorgestern...«

»Gestern hattest du zwölf!«

Überführt, nahm sie Zuflucht zu den Tränen, die jede Frau immer auf Vorrat liegen hat.

»Ich traf Olaf...« Sie konnte nicht weiterreden.

Er riß ihr die Hände vom Gesicht und drückte sie so heftig, daß sie aufschrie. Er sah nicht mehr rostbraun, sondern rot vor Augen. An allen Gliedern zitternd, ließ er seine Finger krachen und knirschte wie eine Rassel mit den Zähnen. Dann warf er sich auf sie und preßte ihr die

* Wer sucht, der findet.

Arme zusammen, um durch die Folter schneller die Wahrheit zu erlangen.

»Wo, wo?«

»Frag den Chauffeur. Gerade, als wir vor dem ›Printemps‹ hielten, kam er zufällig daher.«

Das so reale Wort Chauffeur machte ihn etwas ruhiger.

»Wo wart ihr dann?«

»Wir sind an den Eingang des Bois gefahren und dort zwei Stunden spazierengegangen.«

Geküßt hatte sie Olaf nicht. Er hätte es sonst sofort auf ihren Lippen geschmeckt, als sie heimkam.

Er ließ sie los und hängte nur sein Gesicht über das ihre, so daß seine Schweißtropfen auf sie herunterfielen.

»Und warum hast du nicht die Wahrheit gesagt?«

Als sie merkte, daß sein Zorn nur noch mitteleuropäische Temperatur hatte, preßte sie im richtigen Moment die Hand gegen das Herz, wie alle kleinen Schauspielerinnen der Provinztheater.

»Ich fürchtete mich so vor deiner Eifersucht.«

Die Geste erschreckte ihn. Wenn ihr nun diese Aufregung schadete? Ihre Augen glänzten wie fiebrige Vergißmeinnicht. Die Vision des himmelblauen Kindes schwebte über dem Bett.

»Und hast du dich wieder mit ihm bestellt? Sag es mir, ich werde nicht böse werden«, versuchte er so väterlich wie möglich hervorzubringen.

»Um Gottes willen, nein!«

Sie sah ihn so erschrocken an, bei dem Gedanken an die Tollkühnheit eines solchen Rendezvous, daß er gelächelt hätte, wenn er ein Weißer gewesen wäre. Aber da sein Instinkt die Psychologie ersetzte und er ihre Seele weder beriechen noch betasten oder behorchen konnte, wie ihren Körper, mußte er sich anders gegen einen Rückfall versichern.

»Schwöre!«

Er beruhigte sich sofort wie ein Schulkind, dem der Klassenkamerad in jedem zweiten Satz versichert: »Auf Ehre.« Dann riß er sie mit zügelloser Wildheit an sich.

14. Kapitel

Alma wollte zu einer Wahrsagerin gehen. Sie war abergläubisch geworden und fürchtete sich vor der Zukunft. Nicht umsonst hatte ihr der Zufall eines Tages in Gestalt eines Sandwichmans, wie man in Paris den zwischen zwei Plakate eingeklemmten, wandelnden Reklamemenschen so hübsch nennt, einen Zettel in die Hand gedrückt.

SYBILLE D'ORVIETO
HELLSEHERIN
Auf zwei Jahre garantiertes Horoskop.
Astrologie, Chiromantie, Spiritismus,
Graphologie, Magnetismus,
Voraussage auf wissenschaftlicher Basis.
English spoken

Man bekommt in Paris viele Zettel in die Hand gedrückt. Rosa Zettel, auf denen Institute zur Behandlung gewisser rosa Krankheiten angepriesen werden. Blonde Zettel für fleischfarbene lebende Bilder. Zettel mit Hieroglyphen für ägyptische Bäder, die keine sind. Es gibt kaum eine menschliche Schwäche, die nicht mit Hilfe dieser Zettel gestreichelt, gezüchtet und ausgebeutet wird. Man nimmt die Papiere in die Hand, um dem, der sie verteilt, einen Gefallen zu tun, da man weiß, daß er einige tausend Stück davon absetzen muß, und wirft sie eine Sekunde darauf wieder weg.

Alma hatte auf diesen Zettel einen Blick geworfen, weil er grün war. Sybille D'Orvieto, das war derselbe Name, den sie als Kind auf dem Rücken der Programme des Théâtre Sarah Bernhardt gelesen, wenn die Klasse zu Schulvorstellungen des ›Aiglon‹ oder ›Chantecler‹ geführt wurde. Sarah Bernhardt hatte die letzte Seite ihres

Theaterzettels der Wahrsagerin kostenlos zur Verfügung gestellt. Sie behauptete, das brächte ihr Glück.

Alma las die Adresse: 53, rue Réaumur. Ein riesiges Thermometer, in dem das silberne Quecksilber, das Schicksal, auf- und abstieg. Wirklich, war ihr Leben nicht abhängig von atmosphärischen Einflüssen? Etwas zuviel Sonne, und ein Mensch wurde braun geröstet und brachte Unglück über ein ganzes Geschlecht.

Etwas ängstlich, von Autos und Trams verfolgt, ging sie die dunkle Treppe in der Rue Réaumur hinauf. Schritte hinter ihr her, immer mehr und mehr, immer schwerer und schwerer. Der Zustand, in dem sie sich befand, erhöhte noch ihre Furcht. Ihr sonst so leichter Körper nahm mehr und mehr an Gewicht zu. Mitten auf der Treppe mußte sie stehen bleiben. Ein alter Mann mit einem riesigen roten Plakat auf dem Rücken, »Sybille D'Orvieto«, keuchte herauf und an ihr vorbei und setzte das schwere Gestell gerade auf dem Treppenabsatz vor ihr nieder, so daß sie die Innenseite des Schicksals, das schmutzige, von vielem Tragen abgescheuerte Samtfutter des Plakats zu sehen bekam. Gleich darauf kam ein zweiter, ein dritter, ein vierter Sandwichman die Treppe herauf.

Das Orakel schien sich darin zu gefallen, den Namen seiner Seherin wie den Namen einer Likörmarke anzupreisen. Oder die Seherin fand es nötig, auf neuzeitliche Art für das Gewerbe einer Prophetin Reklame zu machen. Hinter der dreizehnten Sybille, die die bezahlte Prozession vorübertrug, ging auch Alma die Treppe hinauf und zur Haustüre der Wahrsagerin ein.

In einer Ecke des »Salons« wartete schon der mit Wasserwellen geschmückte Commis und stellvertrat die Tausende von Commis aller Pariser Warenhäuser. Und in der anderen Ecke sein Pendant, das rehäugige Mädchen mit der glacierten Kirsche an Stelle des Mundes, repräsentierte die Midinettes. Vielleicht waren die beiden aber auch nur zur Reklame da. Sybille D'Orvieto trat herein und fragte Alma:

»Wünschen Sie eine Voraussage auf fünf, zehn oder zwanzig Jahre?«

»Auf soviele Jahre wie möglich!«

»Gut, wollen Sie dann bitte in das gelbe Kabinett treten?«

Das »gelbe Kabinett« unterschied sich wahrscheinlich von dem blauen oder violetten, falls diese wirklich existierten, dadurch, daß es zerrissene weiße Vorhänge hatte, die in der Mitte mit gelbseidenen Zigarrenbändern zusammengebunden waren. Wenn die beiden Personen im Warteraum echt waren, war das Ganze nur ein geschicktes Manöver der Seherin, die zahlungsfähiger aussehende Kundin sofort dranzunehmen. »Wünschen Sie das Horoskop zu fünfzig, hundert oder zweihundert Franken? Bei zweihundert Franken magnetisiert sich das Spiel der Pythia.«

»Zu zweihundert«, sagte Alma naiv.

Die Pythia ohne Dreifuß bat Alma, ihre Hand auf eine Kugel aus echtem Kristall zu legen, da die Lichter dieser Kugel sie erleuchten würden. Dann schob sie sich der Tradition gemäß einige Lorbeerblätter in den Mund und kaute darauf herum.

»Ich sehe, ich sehe … ein blondgelocktes Kind.« Alma starrte sie offenen Mundes an. Erregt fragte sie:

»Ein Knabe oder ein Mädchen?«

»Ein Knabe natürlich.«

Sie mischte schnell die Karten; sie hatte Angst, daß Alma zuviel fragen würde.

»Wann sind Sie geboren?«

»Im Oktober.«

Sie leierte herunter:

»Regierender Planet: Mars. Zodiakzeichen: Skorpion. In Harmonie mit der Konstellation die Farbe: Schwarz. Glückbringender Stein: Smaragd. Zu meiden: Aquamarin. Langes Leben, große irdische Güter. Der Skorpion zieht immer Reichtum nach sich. Sie sind vom Glück geradezu verfolgt. In einer wahrscheinlichen zweiten Ehe wird es seine höchste Kurve erreichen.« Sie nahm ein größeres Spiel Karten, auf dem nur Hände abgebildet waren. Alma mußte eine Karte ziehen.

Der einzig wahre Prophet, der Zufall, ließ sie »die Hand Jupiters« ergreifen. Unter der Hand lagerte sich eine allegorische Gruppe, der Gott in ein Tierfell gehüllt, umgeben von seinen in lasziven Stellungen hingeworfenen Satelliten, die sich für diese Karten in verschiedene verführerische Frauentypen verwandelt hatten. Der Satellit Europa zum Beispiel stellte eine junge nackte Frau vor, die nur mit ihrem langen, blonden Haar bekleidet war.

»Zweiter regierender Planet: Jupiter«, sagte die Pythia, weil sie nicht anders konnte. »Die Wissenschaft sagt, Tag und Nacht dauern dort nur zehn Stunden. Dunkelheit und Helle wechseln rapid. Dafür sind dort Gegenstände und Gefühle zweieinhalbmal so schwer wie auf unsrer Erde. Eine Blume, die auf dem Merkur zur Feder wird, wird auf dem Jupiter zum Stein, sagt die Wissenschaft. Sie aber haben Glück, Sie werden sogar die Gravitätsgesetze des Jupiter umstoßen.«

»Wird sich Europa von Jupiter entfernen?« fragte Alma mit glänzenden Augen.

»Der Satellit ist schon 633000 Kilometer von dem Planeten entfernt«, sagte Sybille D'Orvieto wieder auf.

Alma nickte, sie glaubte, die Wahrsagerin meine es symbolisch.

»Und hüten Sie sich vor der Farbe rot!« sagte diese aufs Geratewohl.

»Nicht schwarz?« beschwor sie Alma.

»Nein, rot, junge Frau, purpurrot! Der Geist ruft mich, leben Sie wohl.«

Rot, grübelte Alma. Freilich, die Peuhl waren rotbraun. Rötlich, wenn man wollte. Aber purpurrot?

Alma ging strahlend nach Hause. Sie träumte von einem blondgelockten Kind und einer Zukunft, in der der Satellit Europa nicht mehr von Jupiters Bahn abhängig sein würde.

15. Kapitel

Das schmale weiße Paket, aus dem aus einer Seite etwas von dem rosa Inhalt herausgerutscht zu sein schien, wurde Alma in den Arm gelegt. Es war ein Mädchen, und Alma wunderte sich ein wenig über die Wahrsagerin. Aber es war nicht das Mohrenkind Jupiter Djilbutis, vor dem sie so gezittert, es war das Produkt aus all den Rendezvous mit dem marmornen »Apoll mit der Eidechse« im Louvre, so hell wie es war. Jupiter hatte ihr wohlweislich verschwiegen, daß diese Helligkeit nur ein bis zwei Wochen dauern würde. Die Natur hatte auch für den Mischling vorgesorgt. Nach vierzehn Tagen konnte der Säugling ruhig die Farbe wechseln, er hatte sich schon in das Herz der Mutter festgesogen. Beim Anblick des Kindes hatte Jupiter wieder Virgil zitiert und ausgerufen:

»Cara deum soboles, magnum Jovis incrementum«*, worüber sie sich sehr geärgert hatte.

Vier Wochen lang konnte er das Kind in den Arm nehmen und sich daran sattsehen. Es wurde Marianne getauft. Alma wollte nichts von heidnischen Negernamen wissen. Aber sie nannten es mit der Abkürzung Mimi, weil der Name Marianne noch zu erwachsen für das winzige Wesen war. Nach zwei Wochen wurde das Kind gelb wie die Schnäbel junger Vögel. Es war nicht die Ockerfarbe des Chinesen, noch das Braun des Inders. Alma wollte sich selbst betrügen und behauptete, das Kind habe die Gelbsucht. Der Arzt lächelte:

»Eine kleine Erinnerung an den Vater.«

Das Kind schien dem Vater darob zu grollen, denn sooft sich die schwarze Gestalt verliebt über das gelbe, runzlige Wesen neigte, schrie es aus Leibeskräften, und

* Von den Göttern geliebtes Geschlecht, Jupiters edler Sproß.

Alma begann ihr Kind zuerst ob dieser Protestschreie zu lieben. Sie sah in ihm einen Verbündeten im Kampf gegen den Vater, dem sie am liebsten den Zutritt zur Wiege verboten hätte. Sie hatte nicht umsonst schwedisches Blut in sich, ein Blut, in dem die Sagen und Märchen umgehen. Es fiel ihr ein, daß man ihr als Kind von dem »Bösen Blick« erzählt hatte, oder von der »Schwarzen Magie«. Hatte Jupiter nicht auch sie verhext? Und sich später damit gebrüstet, daß er sie auf jenem Ballabend mit seinem Amulett richtig verzaubert hatte?

Wenn Jupiter in ein Zimmer trat, verwandelte sich dieses in ein düsteres Trauerhaus, in ein dunkel ausgeschlagenes Krematorium. Sie wollte Farbe, Licht für ihr Kind. In ihren blauen Vergißmeinnichtaugen wuchs Unkraut. Sie kam auf den Gedanken, das Kind auf die Farbe Schwarz zu dressieren. Der Erfolg ließ nicht lange auf sich warten. Kam Besuch mit einem schwarzen Hut oder Mantel, so brach das Kind in ein nervöses Weinen aus, betrat Oali das Zimmer, so gellte das ganze Haus von den ausgestoßenen Angst- und Hilferufen. Aber der Haupteffekt der Dressur zeigte sich besonders, wenn der unglückliche Vater sich seinem Kinde nähern wollte. Dieses verfiel dann geradezu in Krämpfe, wurde blau im Gesicht und beschrieb mit seinen bebenden, geballten Fäustchen unaufhörlich abwehrende Kreise in der Luft. Alma bat ihn vorläufig, um das Kind nicht aufzuregen, das Kinderzimmer nicht zu betreten. Und wenn er sich dann trotzdem heimlich hineinschlich, verriet ihn das Kind regelmäßig durch seinen Schrei, den es wie ein Signal zu seiner Mutter hinüberschickte.

Es war dies das Signal zu einem neuen Streit, der täglich erbitterter um die kleine Wiege ausgefochten wurde. Mitten in einem dieser haßerfüllten Vorgefechte fiel einmal aus dem Munde Almas das Wort: »Neger!«

Die fünf schwarzen Emailbuchstaben tanzten wie Kobolde durch das Zimmer. Sie waren froh, daß sie endlich aus der Vexierschachtel, in der sie solange gelegen, befreit worden waren. Neger, das traf. Als sie ihm vor einigen Tagen bei Tisch gesagt: »Hier ist Pfeffer«, und er, der nie scharfe Gewürze zu sich nahm, harmlos fragte: »Wozu?«, hatte sie häßlich gelacht: »Damit die Motten nicht in dein Wollhaar gehen.« Heute hatte sie den giftigeren Pfeil abgesandt.

Er ging in sein Arbeitszimmer hinüber, stellte sich vor das N'Kissi, in das er den Nagel geschlagen, und schüttelte den Kopf. Nicht nur Bamako, auch die Götter seiner Heimat hatten ihn verlassen.

Die fünf Buchstaben sahen sich danach um, wie sie Böses stiften könnten. Sie begaben sich in die Küche. Als Jupiter am Abend heimkam, zog ihm schon auf der Treppe ein verdächtiger Geruch entgegen. Es roch nach dem Tier, das einem seiner Ahnen das Leben gerettet hatte und von dem ihm verboten war, zu essen.

Als der rötliche Salm auf dem Tisch stand, sagte er leise: »Du hast vielleicht vergessen, Alma, daß es mir nicht erlaubt ist, Fisch zu essen.«

»Ich habe es nicht vergessen, aber ich kann deswegen nicht zeitlebens auf eines meiner Lieblingsgerichte verzichten.«

»Aber ich darf auf meinem Tisch die Profanation eines Tieres nicht dulden, das meiner Familie heilig ist.«

Darauf hatte sie nur gewartet. »Gut, essen wir zweimal in der Woche getrennt. Ich esse im Kinderzimmer und dir lasse ich im Eßzimmer servieren.«

Sie stand auf und ging, die Platte mit dem rosa Fisch in der Hand, wie ein böses Gleichnis aus dem Zimmer. An diesen Tagen aß Jupiter, trotzdem er würdig wie immer vor dem gedeckten Tisch saß, nicht einmal mehr die zwei Bissen, aus denen sonst seine Mahlzeiten bestanden hatten. Er saß da und schluckte, als wolle er sich von seinem Speichel nähren. Er kaute und schluckte an seinem Schmerz. Der nährte ihn schlecht. Denn er magerte von

Tag zu Tag mehr ab, und bald blieb von dem Jupiter von einst nichts mehr übrig als der prunkvolle Name. An einem dieser Fischtage, die ihn Almas böser Lieblichkeit beraubten, stand er wieder von der einsamen Tafel auf, ohne etwas berührt zu haben, ging zu seinem Schreibtisch und nahm, wie die Trauernden bei ihm zu Hause, mangels der Holzkohle etwas von der Asche aus seinem Aschenbecher und streute sie sich in einer verzweifelten Gebärde über das verzerrte Gesicht.

Die fünf schwarzen Emailbuchstaben waren inzwischen weiter auf Kundschaft nach Bösem ausgegangen. Eines Tages kehrten sie von einer Streife heim, hatten sich Alma genähert und ihr etwas ins Ohr geplappert. Beim Abendessen war sie von einer verdächtigen Liebenswürdigkeit. Sie nannte ihn Juju, hatte sich sogar einmal wieder dunkel angezogen, da Jupiter gegen helle Kleider, die unerbittlich mit ihm kontrastierten, eine immer stärkere krankhafte Abneigung zeigte. Ja, sie taten ihm weh, die weißen Kleider. Und wie seine Vorfahren beim Anblick der Europäer in Tropenkleidung die Hand als Lichtschirm vor die Augen hielten, weil sie der grelle Stoff mehr blendete als die Strahlen der Sonne, so legte er zuweilen die Hand aufs Herz, wenn sie so fühllos und hell wie Wachs neben ihm im Zimmer saß.

Heute war sie von größter Aufmerksamkeit, bediente ihn eigenhändig beim Essen und erzählte ihm von den kleinen Streichen, die Mimi tagsüber getrieben hatte. Beim Dessert erwähnte sie nebenbei, daß Annette ihr gesagt habe, es sei große Messe in Neuilly. Sie wolle gerne heute abend dort hingehen. Bei dem Gedanken, sein Gesicht wie ein schwarzer Sandwichman durch den Pöbel der Volksbelustigung tragen zu müssen, schützte Jupiter Arbeit vor, die er noch mit seinem Privatsekretär am Abend zu erledigen habe. Aber Alma zeigte ihm verschiedene Variationen ihres Lächelns, die den einst so aufrechten Urwaldriesen wie immer in einen Hampelmann verwandelten. Seit sie unter der Ausrede, das Kind nicht alleinlassen zu können, nachts nicht mehr sein Schlafzimmer teilte, und er von der Erinnerung an ihren Atem, den er einmal in seinen Ohren gesammelt, lebte, seit ihre Lippen sich nur den Weißen zum Lächeln öffneten, wie die Victoria Regia der weißen Sonne, und sich wie jene vor ihm als vor dem Abend in Person schlossen, war er so mürbe geworden, daß er ein freundliches Wort schon als ein Streicheln empfand.

Sie zwängten sich mitten durch die stinkende Menge, die für Jupiters Geruchsnerven eine Qual war. Er fand diese Belustigungen ohne Stil barbarisch für ein Volk, das nicht mehr in den Kinderschuhen stak wie das seine. Ab und zu schleuderte ein mutwilliger Bursche ein Spottwort hinter ihm her, das ihn gerade auf den Kopf traf. Ihn, die dreizehnte unfreiwillige Figur aus dem Massacrespiel, das darin bestand, daß man die komischen Marionetten so lange mit Bällen bewarf, bis sie umfielen. Er fiel nicht um. Er zuckte nur jedesmal etwas zusammen und schielte nach Alma, ob sie es gehört hatte. Gott sei dank, sie hatte nichts gehört! Oder sie tat so. Sie war eifrig damit beschäftigt, die Namen der verschiedenen Buden zu entziffern. Gespannt sah sie jedesmal der nächsten entgegen, um enttäuscht daran vorüberzugehen.

»Suchst du etwas?« fragte er.

»O, nein, nichts, was sollte ich wohl suchen! Halt, hier wollen wir einen Ballon für Mimi kaufen!«

Dann standen sie vor einer Bude, auf der mit großen Buchstaben stand:

NEGRO DOWN
»Herunter mit den Negern!«

Vor der Bude parodierte ein Neger die Neger und grinste, grinste, daß man versucht war zu wetten, er habe doppelt soviel Zähne im Mund als andere Menschen. Jupiter schmerzte dieses Lachen. »O, was ist das?« fragte Alma mit ihrer unschuldigsten Stimme.

»Ich weiß es nicht, wohl wieder so eine Attraktion, bei der ein schwarzes Kind Feuer und das andere Glas schlucken muß. Eine Bude wie die, die voriges Jahr in Montmartre ›arbeitete‹, bis ich dem Impresario das Handwerk legte.«

»Wir wollen hineingehen«, sagte Alma. Sie brannte darauf, Jupiter einen Streich zu spielen.

Ein Negerkassierer im Zylinder nickte Jupiter vertraulich wie einem Bruder zu. Gedemütigt wandte dieser die Augen weg. Er wußte es selbst nicht, daß er bereits eine gewisse Verachtung für seine Landsleute hegte und schon lange nicht mehr unter ihnen hätte leben wollen.

Innen in der Bude drückte ein komischer kleiner Negerjunge jedem Eintretenden fünf Holzbälle in die Hand. Es war ein Spiel, das, von den Engländern erfunden, nun über Frankreich seine Weltreise antrat. Ja, dieses Spiel war wahrhaftig ein Dokument für die Kultur der weißen Rasse.

Zwei riesige Neger saßen nackt, nur mit einer Badehose und einer Gummimütze bekleidet, auf zwei Sprungbrettern, in einem Käfig, der über einem mit schmutzigem Wasser gefüllten Bassin angebracht war. Die Sprungbretter standen rechts und links in Verbindung mit einem Knopf, den man aus einem gewissen Abstand mit Holzbällen zu bewerfen hatte. Traf man, so senkte sich das Brett mechanisch und warf einen der Neger ins Wasser. Das Unwürdige und Unmenschliche an dem ganzen Vorgang war nun freilich nicht einmal das Hinunterpurzeln der wie zwei Affen hinter dem Gitter lauernden Schwarzen, sondern eine Zugabe der Zuschauer, die ihnen Soustücke ins Wasser warfen, nach denen sie tauchen mußten. Man weiß, daß sich die Reisenden der großen Dampfer bei einer Landung an afrikanischen Küsten damit vergnügen, den Eingeborenen Geldstücke ins Meer zu werfen, nach denen diese also verführten Kinder wie Pudel tauchen. Das mag für einen Afrikaforscher, der die afrikanischen Sitten der Weißen studieren will, ganz interessant sein; hier in Europa war es jedenfalls eine Ohrfeige ins Gesicht der Zivilisation. Natürlich hatte das niedrigste schwarze Material die zwei Schwimmer geliefert, und sie machten mit ihren stumpfsinnigen tierischen Schädeln und übermuskulösen Körpern einen ziemlich abstoßenden Eindruck. Man konnte sich darum auch nicht wundern, wenn diese zwei häßlichen Typen auf wenig Sympathie stießen und die Zuschauer mit einer Art Sadismus die zwei schwarzen fröstelnden Ratten immer wieder ins Wasser jagten, aus dem sie prustend und glänzend, wie gut dressierte Seehunde, das Geld und ein Grinsen im Maul, wieder auftauchten. Ein Hallo von Gelächter empfing sie jedesmal. Einige gingen sogar so weit, ihnen Bonbons hineinzuwerfen, ganz wie den Äffchen im zoologischen Garten. Das Ballspiel war eigentlich nur eine Umschreibung. Da man dem Publikum in seinen versteckten Gelüsten, die zwei Schwarzen selbst mit den Bällen zu steinigen, leider aus humanen Gründen nicht entgegenkommen durfte, war man gezwungen, sie auf Umwegen zu bewerfen. Jeder Wurf war ein Symbol, das der Lynchpassion manches Weißen als Ableiter dienen mußte.

Jupiter würgte es in der Kehle, als er Alma mit Leidenschaft an dem lebenden Massacrespiel teilnehmen sah. Sogar die fünf Bälle genügten ihr nicht, sie kaufte deren mehr und mehr. Die Geste des Werfens begleitete jedesmal ein noch verzerrteres Gesicht. Sie warf nicht nach dem Knopf, nicht nach den Schwarzen. Sie warf nach Jupiter. Und sie traf ihn mitten ins Herz. Auch er begann sie zu hassen. Nur haßte er sie aus Liebe. Sie aber haßte ihn aus Haß. Er hatte sie idealisiert, weil sie blond und hell war, er, Tor, der sich mit keiner seiner Landsmänninnen hatte begnügen wollen. Was war er nun? Ein Witwer, ein schwarzer Witwer, trotz Frau und Kind!

Er trat zu Alma und zischte: »Wir gehen jetzt!«

Sie lachte hysterisch. »O, nein, Negro down! Zuerst muß einer herunter.«

»Und du fühlst nicht, wie schamlos dies Spiel ist? – Gut, dann gehe ich allein.«

Sie warf trotzig die Bälle hin. Schließlich hatte sie ja erreicht, was sie wollte. Ihm gezeigt, wie sie sich selbst verachtete, weil sie seine Frau war.

Er ging neben ihr, ein alter Mann. Zu den zwei Zentimetern, die er schon vor einigen Monaten von seiner geraden Haltung eingebüßt, waren noch zwanzig hinzugekommen. Sein Bart berührte jetzt seine Weste. Er tanzte nicht mehr auf den hohen Bogen seiner Füße, sondern schleppte sich, wie alle Menschen in Europa, auf seinen vom Elend plattgedrückten Sohlen ganz nahe an der kalten Erde dahin. Ein Land, das keine Sonne hat, hat auch keine Gefühle.

Ohne ein Wort zu sprechen, stiegen sie in ihr Auto, das am Eingang des Volksfestes auf sie wartete. Ohne ein Wort zu sprechen, gingen sie jedes in ihr Schlafzimmer. Alma beugte sich über ihr schlummerndes Kind, das von Tag zu Tag schöner wurde. Nichts an ihm, bildete sie sich ein, erinnerte an Jupiter, das Schwarz der langen Locken ausgenommen. Und in seinem Zimmer lag Jupiter auf den Knien vor einem leeren Bett, in dem weder eine Frau noch ein Kind lag. Er schaukelte unaufhörlich seinen Körper von vorne nach hinten im Takt zu seinem Schmerz. Dieser Schmerz war nur erträglich, wenn er ihn bewegte und nicht an einer Stelle in seinem Leib liegen ließ, wenn er sich hin- und herwarf wie ein Schwerverwundeter.

16. Kapitel

Es war still geworden in der Wohnung. Nicht nur Dienstag und Freitag, an den »Fischtagen«, war er jetzt allein, es kam auch vor, daß er an einem Montag, Donnerstag oder Samstag nur ein Gedeck auf dem großen Eßtisch fand, und Alma unter irgendeinem Vorwand mit Mimi aß. Einzig der Sonntag sicherte ihm vorläufig noch seine Frau. Die Woche bekam für Jupiter nicht mehr sieben, sondern dreizehn Tage. Die Zeit lief nicht, sie kroch träge und klebrig wie Gummi Arabicum an ihm vorbei. Er vernachlässigte seine Arbeit, wie er sich selbst vernachlässigte. Auch sein sonst so gesunder Ehrgeiz erkrankte. Er fehlte ganze Vormittage, ganze Nachmittage im Ministerium und wartete zu Hause, bis Mutter und Kind ausgegangen. Dann, wenn die Haustüre hinter ihnen zugefallen, schlich er sich ins Kinderzimmer, nahm das Kopfkissen des Kindes in die Hand und roch daran. Sogar den Geruch seines Kindes mußte er sich stehlen.

Auf dem Toilettentisch lag aufgeschlagen ein zerlesenes Exemplar des Othello. Verschiedenes darin war rot angestrichen. Er folgte den roten Strichen wie Wegweisern in Almas Herz:

»Jetzt, eben jetzt, bezwingt ein alter schwarzer Schafbock Eu'r weißes Lämmchen.« –

Er blätterte weiter bis zum nächsten roten Strich.

»Ob eine Jungfrau, zart und schön und glücklich ... Ob sie, ein allgemein Gespött zu werden, häuslichem Glück entfloh an solches Unholds pechschwarze Brust, die Graun, nicht Lust erregt?« Verstört drehte er wieder einige Seiten um. Hier zogen sich lange rote Rufzeichen die Zeilen entlang:

»Denn daß Natur so widersinnig irre,
da sie nicht stumpf noch blind noch blöden Sinns,
geschah nicht ohne Zauberkraft ...«

Anstatt daß Shakespeares Überneger sein Bundesgenosse wurde, wurde ihm auch noch das einzige Kunstwerk, das je zur Verherrlichung der dunklen Rasse geschrieben worden war, zum Verderben:

»Und welches Wohlgefalln kann ihr's gewähren,
den Teufel anzusehen?«

»Ja, Teufel, Teufel, schwarzer, schwarzer Teufel«, schimpfte er sich einigemale selber, machte eine Pause und sagte noch einmal: »Teufel«.

Dann stieß er einen zerbrochenen Schrei aus, schleuderte das Buch weit weg und warf sich auf ihr Bett, das Bett der blonden Teufelin. Er weinte. Zum zweitenmal in seinem Leben weinte er. Einmal beim Tod seiner Mutter, heute beim Tod seiner Liebe. Er weinte langgezogen und klagend, wie alle Nachtvögel, und Alma wäre sicher ganz erstaunt gewesen, daß aus seinem schwarzen Gesicht so weiße Tränen fließen konnten. Während er sich im Schmerz hin- und herwarf, sah er auf den Kissen etwas blitzen. Er öffnete die vom Wasser unklaren Augen. Das verschwommene goldige Etwas wurde zum Haar. Eines ihrer langen Haare war für ihn auf den Kissen liegen geblieben. Wie ein Kind vergaß er sofort darüber, daß er noch nicht ausgeweint hatte. Er zog es durch die Finger, immer hin und her. Ein Haar verband ihn noch mit ihr. Böse Gedanken strömten aus dem feinen, goldenen Leitungsdraht auf ihn über. Wie, wenn er das Haar vergiftete und so das Gift auf sie übertrug? Es war ein alter Glaube bei ihm zu Hause, daß sich das Böse oder Gute ebenso infizieren ließ wie eine Krankheit. Der erste verbrecherische Gedanke zog einen zweiten nach sich. Es fielen ihm alle Gifte seiner Heimat ein, die herrlichsten Pflanzen. Sollte er ihr die pulverisierte Rinde des N'Kassa in die Limonade schütten, das N'Kassa, das das Herz lähmte? Fünfzehn Milligramm genügten. Es war ein Gift, das ihm kein Gerichtsarzt in Europa so leicht nachweisen konnte. Oder ihr das »Rote Wasser« bereiten aus der tückischen

Rinde eines einheimischen Mimosenbaumes? Es war vielleicht ein wohlwollender Geist in jenem Baum gewesen, der ihm bei seinem letzten Aufenthalt in der Heimat zugeflüstert hatte: Nimm doch ein Stückchen Rinde mit, als er gedankenlos daran vorbeispaziert war. Er riß die Augen auf und schob die Brauen fast bis unter die Haare. Träumte er? Welcher Dämon träumte für ihn? Er schlug sich mit dem Handballen auf den offenen Mund. Aber nicht leicht, wie seine Landsleute, bei denen diese Geste das Erstaunen ausdrückt, sondern so heftig, daß er blutete. Wo brachten ihn die Weißen hin! Zum Mord! Die schwarze Hand fiel ihm ein, die in ihrer Hochzeitsnacht wie ein böses Omen auf Almas Brust zurückgeblieben war. Ach, daß er sich hätte verwandeln können wie die Brüder eines verwandten Stammes, die, um den Verfolgungen des Unglücks zu entgehen, sich in der Gestalt von Affen verbargen. Hinter ihrer Behaarung, hinter ihrer Stummheit konnte sie das Schicksal nicht mehr erkennen. Freilich, das war nur eine Fabel. Übrigens, warum sollte er sich verwandeln! Konnte er nicht auch sie verwandeln? Denn der Tod verwandelte ja nur. Ihr Lebensatem ging über in ein anderes Wesen. Sie, die an allem schuld war, sie hatte auf ihm herumgetreten wie auf Erde, sie hatte das Bild seiner Mutter entweiht, sie hatte ihm sein Kind, die kleine unschuldige Mimi, geraubt. Wieder schlängelten sich Rachegedanken durch sein Gehirn. Der rote Rhythmus des Kriegsliedes der Peuhl von Djilgodi brauste in seinem Blut:

»In Djibo ist ein Teich! In Djibo ist ein Teich ...«

Am Abend, als er Alma in der Nähe wußte, sang er zur Sansa drohende Weisen. Unter Gruseln horchte sie an der Tür dem wilden Geheul:

»In Djibo ist ein Teich.
Dem, der ihm Gutes bringt, löscht er den Durst,
Den, der ihm Schlechtes bringt, näßt er mit Blut.

Gott wacht von abends bis morgens,
Die Lanzen wachen von morgens bis abends.
Eingeweide werden die Ufer bedecken.
Nie mehr trocknen die Frauen dort ihre
Lendentücher.
Rund um den Teich lauern dornig Mimosen,
(Tückische Lanzen im Teich)
Tückische Waffen sind im Teich,
Totenköpfe werden aus ihm wachsen,
Keine Wasserrosen mehr...«

17. Kapitel

Am anderen Tage schlug Mimi einer Statue in seinem Arbeitszimmer Nase und Ohren ab. Gerade der Statue, die nach frommer Überlieferung von dem Niâma, dem dynamischen Geist seines großen Vorfahren Danfodio, bewohnt war. Wieder eine schlechte Vorbedeutung. Als er das Kind zur Rede stellte, sah er auch in seinen großen Mandelaugen neben einer unnatürlichen Angst vor ihm etwas von der Verschwörung, die das ganze Haus verhext hatte. Es stellte sich heraus, daß Alma dem Kind erlaubt hatte, mit den Fetischen, die auf seinem Schreibtisch standen und die sie ihm als schwarze Teufelchen bezeichnete, Kasperltheater zu spielen. Mimi öffnete das Mündchen sehr weit, vor Erstaunen darüber, daß Jupiter sie weder auffraß noch ihr selber Ohren und Nase abschlug, sondern daß er ihr gerührt die kleine Hand küßte. Das Kind sah sofort auf seine Hand. Nein, es war kein schwarzer Fleck darauf zurückgeblieben. Da stand es auf seinen für sein Alter schon zu hohen Beinchen, ein kleines Rehkälbchen, hellbraun und weiß getupft, und wechselte immer von einem Hüflein auf das andere hinüber vor Unruhe. Hellbraun und weiß getupft! Eines Tages verschwanden die weißen Tupfen, mit denen die Mutter seine Seele besprenkelt hatte, und es wurde braun. Es war sein Kind. Viel mehr als das ihre. Schon sah er hinter der unfertigen Architektur des Gesichts, dem Schwung der Stirn, dem kleinen, stolzen Pfeiler der Nase und hinter den Bogen der Brauen und des sinnlichen Mundes das Pharaonenkind. Solche hervorspringende Lider, solch hohe Ohren, solch ein fliehendes Kinn erinnerten in nichts an die Banalität der weißen Gesichter. Das Kind war eine Kostbarkeit des Orients. Es war sein Kind. Eines Tages – er wußte nur noch nicht wann – würde er es Alma entreißen und es zwingen, ihn zu lieben. Er lieh es nur noch der Mutter, solange es klein und unverständig war. Er wollte sich nicht zugestehen, daß Kinder solcher Ehen natürlicherweise immer dem helleren Teil der Eltern den Vorzug geben. Der Ausgang, den sie kürzlich alle zusammen unternommen, als der Kolonialminister zum Geburtstag seines Jungen ein Gartenfest gegeben, hatte ihn nicht sehender gemacht. Mimi hatte dort instinktiv den Vater gemieden, ja ihn sogar vor den anderen Kindern durch Wegsehen und Weghören verleugnet. Sie hatte sich immer hinter Alma versteckt und sich seiner sichtlich geschämt.

Aber Jupiter war kein Psychologe. Vielleicht wollte er in diesem Fall auch keiner sein. Wollte sich nicht zugeben, daß sein Kind nur eine tragischere Wiederholung des Falles Alma darstellte. Daß ihm hier ein noch unbarmherzigerer Gegner erwuchs, daß der Tropfen dunklen Blutes, den er ihm verhängnisvollerweise mitgegeben, von Jahr zu Jahr anschwoll, bis es zum roten Meere wurde, das ihn und den Vater trennte, wie die Erde einst geborsten war, um durch das Mittelmeer die beiden unversöhnlichen Rassen zu trennen.

18. Kapitel

Man näherte sich den Weihnachtsferien. Der Gedanke, die acht Tage enger als sonst mit Jupiter verbringen zu müssen, war Alma unerträglich. Von den vier Wochen, die sie diesen Sommer im Seebad zusammen erlitten hatten, den Anspielungen der Menschen und der Wellen hatte sie sich heute noch nicht erholt. Was tun? Wozu waren die Berge erfunden? Im rechten Augenblick verordnete ihr der Hausarzt Wintersport. Ins Hochgebirge konnte sie Jupiter nicht begleiten. Einmal, weil es zu kalt für ihn war, und dann, ein Schwarzer, der Wintersport treibt! Man stelle sich das vor! Diesen dunklen Fleck im Schnee. Ähnlich dem berühmten Bild auf englischen Witzpostkarten: das Köpfchen eines Negerjungen zwischen riesigen weißen Federbetten. Jupiter hatte den Schnee immer als persönliche Beleidigung empfunden. Er war sein schlimmster Kontrast. Wie hätte er sich in Chamonix sehen lassen können! Womöglich noch in buntem Sweater und Zipfelmütze. Eine Varieténummer en plein air. Welches Komplott gegen ihn, dachte Jupiter. Schon im Sommer hatte sie angefangen, weißen Sport zu treiben: Segeln und Tennis. In der blauen Sonne, in weißen Kleidern. Natürlich, um ihn zu quälen. Sein Mißtrauen stand in gar keinem Verhältnis mehr zu seinem Körper. Es wuchs weit über ihn hinaus, wie die Kränkungen über die Zeit hinauswuchsen und zu Dokumenten wurden für die Ewigkeit. Der Sport also schien ihm nur Vorwand. Aber er konnte ihr nichts nachweisen, trotzdem er sie heimlich überwachte. Sie spielte harmlos mit Annette und einigen Freundinnen Tennis, und sie segelte mit einer bekannten schwedischen Familie. Diesmal aber hatte sie es sich fein ausgedacht. Chamonix! Er handhabte die Vorteile der Zivilisation noch nicht so gut, um sich einen Detektiv zu nehmen. Einen Herrn, der Momentaufnahmen von den intimsten Akten eines oder zweier Menschen macht und einem die Klischees gegen Barzahlung ausliefert. Dieses Mal war aber Jupiters Verdacht nicht unbegründet.

Alma war vor einigen Tagen Olaf begegnet. Sie hatten über das Wetter geredet, über einige gemeinsame Bekannte, über Sport, und plötzlich, mitten in einer Diskussion über Golf, hatte sie zu weinen angefangen. Der Anblick des blonden Menschen hatte ihr ihr Unglück so recht plastisch dargestellt. Genug, genug! Sie hatte genug von kokosfarbenen Händen und dattelbraunen Gesichtern. Denn einmal täglich konnte sie einem Zusammentreffen mit Jupiter doch nicht entrinnen. Genug von dem Mann, der aussah wie die wandelnde Reklame einer Färberei, die die Waschechtheit ihrer Farben mit ihm beweisen wollte. Genug von dem Haus, in dem es den ganzen Tag Nacht war und unheimlich wie in einem Aufbahrungsraum, weil alle Gegenstände sich dem Mohren angepaßt zu haben schienen. Vielleicht wirkte seine Haut in der afrikanischen Sonne bunt wie eine Palette, hier im Norden ging ewige Dämmerung von ihr aus. Aber wir leben, wir nähren uns von Farbe. Ein gelber, ein roter Mann wären ihr schon wie eine Befreiung vorgekommen. Dieser Überblonde aber war wie ein Heilbad, eine chemische Reinigung von den rußigen Umarmungen Jupiters, sie sehnte sich danach, einmal rosa Lippen zu küssen, nicht violette. Einmal von weißen Armen, den Armen ihrer Rasse empfangen zu werden, oder sollte ihre Jugend vergehen, ohne daß sie wußte, wie die weiße Liebe war? O, freilich, sie sagte sich das nicht mit so nackten Worten. Sie wußte es selbst nicht einmal, daß sie von Olaf eine Art Rehabilitierung und Wiedereinreihung in die weiße Gesellschaft erhoffte. Ihre Wünsche wurden zu Tränen. Tränen sind das Esperanto der Liebenden. Olaf verstand und frug sie auch nur der Form nach, warum sie weinte. Tränen berechtigen mehr zum Eintritt in eine

Person als Worte. Sie schützte den unglücklichen Ausgang ihrer ersten Begegnung mit ihm vor. Er ließ sich alles haarklein erzählen. Nein, hier in Paris konnte er diesem schwarzen Teufel nicht die zwei Hörner aufsetzen, die schon lange auf seine Stirn gehörten. Um einen Mann zu betrügen, der zwölf Sommersprossen notiert hat, der wie ein Polizeihund alle Menschen roch, mit denen sie zusammengewesen war, der jedes Fleckchen auf der Haut sofort auf seinen Ursprung zurückführen konnte, mußte man vorsichtiger sein als mit Sherlock Holmes. Aber das war nur ein Reiz mehr.

So hatte er ihr Chamonix suggeriert. Er wollte ihr folgen. Dort oben, sagte er mit zweierlei Bedeutung, würden sie ganz ungestört Sport treiben können.

Und so nahm Alma in Begleitung von Mimi an einem der nächsten Tage den Zug in der Richtung des Ehebruchs.

19. Kapitel

Jupiter stand vor dem Schlafwagen und half Alma herunter. Wie schwarz er war! So schwarz hatte sie ihn nicht in Erinnerung. Nach Olaf wirkte er wie ein Neger, den man zu seiner Naturfarbe noch in schwarzes Ripolin getaucht hat. Jupiter aber dachte: Wie rot sie aussieht, viel zu rot. Und jeder Blick von mir macht sie noch röter. Trotzdem sie sich gut für diese erste Prüfung präpariert hatte, war es ihr vielleicht doch nicht gelungen, die Linien, die das Glück in ihr Gesicht gezeichnet, auszuradieren. Je strahlender er ihre Züge fand, desto finsterer wurden die seinen. Der unkritische Jupiter wurde kritisch. Um ihn abzulenken, legte sie ihm das schlafende Kind auf den Arm. So durfte er denn zum erstenmal die Rolle des Vaters spielen. Freilich, Mimi schlief, dachte er hämisch, sonst würde ihm diese Vergünstigung nie zuteil geworden sein. Er hatte während ihrer zweiwöchigen Abwesenheit seinen Haß mit seiner Eifersucht vierzehnmal multipliziert. Unter ihrem Hut stahlen sich zwei gut ondulierte helle Kommas oder besser Fragezeichen hervor, die ins Gesicht zeigten. Er sah, daß sie sich dort in den Bergen ihr Haar abgeschnitten, das lange blonde Haar, sein Eigentum. Das Weizenfeld, in dem er einmal so glücklich gewesen, hatte ein frecher, gemieteter Schnitter abgemäht. Er beschloß hinzuschreiben und es vom Friseur zurückzuverlangen.

»Das trägt vielleicht schon längst eine andere Frau als Postiche«, entgegnete Alma schnell. Das Haar ruhte im Köfferchen von Olaf, dem sie es geschenkt hatte. Er hatte das Haaropfer von ihr verlangt. Er behauptete, er wolle eine andere Alma lieben als die Alma Jupiters. Und so verwandelte sie sich denn ihm zuliebe in einen sechzehnjährigen Pagen.

»So, das Haar, das meine Liebkosungen enthält, trägt jetzt eine andere?«

Nach einer Pause, während sie glaubte, daß er es schon längst vergessen hatte, kam Jupiter wieder darauf zurück.

»Und deine Seele, wer trägt die?«

»Die hat der Satan geholt!«

Es klang zweideutig.

»Derselbe Friseur hat dir wohl auch zugeredet, dich zu parfümieren?« stichelte Jupiter giftig weiter. »Ich liebe den natürlichen Geruch einer Frau. Mir brauchst du nichts vorzuriechen.«

Olaf hatte noch gestern, bevor er zurückgefahren, eine halbe Parfümflasche über sie ausgegossen, damit Jupiter ja nichts von seinem Geruch an ihr witterte. Sie lachte. Olaf hatte dazu gesagt:

»So, damit dein schwarzer Menschenfresser nicht wie der Riese im Märchen: ›Ich wittere, wittere Menschenfleisch‹ macht!«

»Warum lachst du?«

»Weil du dich selbst doch auch einmal mit ›Narcisse noir‹ parfümiert hast.«

»Damals dachte ich noch, daß die Ausdünstungen eines Negers europäische Nerven verletzen könnten.«

Alma hatte keine Lust, sich zu zanken. Ihre Gedanken waren herzförmig. Welch größeren Triumph konnte ihr auch der siegreichste Streit bringen als den, ihn betrogen zu haben.

Sie war froh, als man vor dem Ministerium hielt und sie mit Mimi allein nach Hause fahren konnte.

Genau wie er damals, als sie von ihrer ersten Begegnung mit Olaf heimgekommen, ihre Nase fixiert hatte, fixierte er heute beim Mittagessen ihren Mund. Sie fürchtete sich. Was konnte nur auf ihrem Mund zu sehen sein. Hatte er durch das viele Küssen seine Form verändert? War ein Biß darauf zurückgeblieben? Womöglich ein Biß in der Form von Olafs Zähnen? Jupiter hatte Olaf im

Laufe dieses Jahres zwar nur zweimal gesehen, aber das genügte. Gewiß kannte er die Höhe und Breite seiner Vorderzähne und jede Ader und Rille in ihnen besser als Olafs Zahnarzt.

Obwohl sie wußte, daß sie keinen Biß auf der Lippe hatte, steigerte sich ihre Angst dermaßen, daß sie plötzlich unter einem Vorwand aufstand, in ihr Schlafzimmer lief und sich in den Spiegel stürzte. Es war nicht das Geringste zu sehen. Sie trug ihren alten Mund, dessen Form sie auswendig wußte und doch immer wieder vergaß und den der Spiegel vieltausendmal schon kopiert hatte. Er war nicht verändert, er war nicht beschädigt, dieser schwarze Narr wollte ihr nur Angst machen. Aber wozu ihn fürchten? Sicherte ihr das Orakel der Wahrsagerin nicht eine freudige Zukunft, eine Zukunft ohne ihn? Als sie ihm Adieu sagte, um mit Mimi spazierenzugehen, beugte er sich zu ihr herunter. Sie glaubte, er beuge sich zum Kuß und hielt ihm den Mund hin. Er sah sich aber nur ihre Lippen aufmerksam aus nächster Nähe an und verzichtete darauf, sie zu berühren. Neuer Zorn sammelte sich in ihr, als sie das Haus verließ. Die wohlwollende Neutralität, die sie in diesen vierzehn Tagen für ihn empfunden, fing wieder an, dem alten Haß zu weichen. Kaum war die Haustür hinter ihr und Mimi zugefallen, als er sich wie früher in ihr Schlafzimmer hinüberschlich. Wieviele Gerüche hier herumstanden! Er roch aus Leibeskräften! Seltsame Gerüche. Er untersuchte ihre Toilettegegenstände. Aufmerksam betrachtete er ihren Schwamm. Vielleicht hatte sich in ihn irgendein verräterisches Haar hineingeschlichen? Er beschnüffelte ihre Wäsche, nicht nur die in der Kommode, sogar die gebrauchte, die schon im Wäschepuff lag. Ihre rosaseidenen Hemdchen, deren bloßer Anblick in ihm einst rosa Gefühle auslösten, sahen ihn jetzt fremd und feindlich an, als wirkten sie in einem Komplott gegen ihn mit. Er steckte seine Nase in die Kleider. Vielleicht hatte eines den Geruch einer Hand festgehalten, einer Hand, die Zigaretten rauchte. Er zog ihre Strümpfe heraus. Manche nahmen in der Luft die Form ihrer schmalen Mädchenbeine an. Welchen Fetischismus hätte er früher mit dieser imaginären Wade getrieben! Jetzt war er versucht mit einer Stecknadel hineinzustechen.

Das Sachet fiel ihm in die Hände und zu Boden. Einige Dutzend Taschentücher fielen heraus, auf denen der Name Alma in bunter Seide und Plattstickerei wieder und wieder zu lesen war. Er hob sie auf und stutzte. Da war ein weißes Taschentuch, auf dem nicht Alma stand. In der Ecke ein schwarzes Monogramm, ein O, eine Ellipse, beinahe eine Null. Für einen anderen vielleicht eine Null, für ihn eine der unausstehlichsten von allen Lettern des Alphabets. Fröstelnd betrachtete er die Stiche, die sich zu diesem niederträchtigen Buchstaben gefügt hatten. Ein Taschentuch ist kein Beweis. Ein klassisches Beispiel lehrte es ihn. Vielleicht hatte es die Wäscherin vertauscht. Sie hätte Alma ebensogut ein Taschentuch mit E oder U hineinwechseln können. Er suchte jetzt nur noch fieberhafter in ihren Sächelchen herum. Kein Toilettegegenstand entging seiner mikroskopischen Betrachtung. All seine Zweifel nahmen die ovale Form eines O an. Er rechnete sich aus, daß das O der vierzehnte Buchstabe von vorn und der zwölfte von hinten ist, während er eine breite, hochschultrige Flasche Chevalier d'Orsay ans Fenster trug. Er hielt sie gegen das Licht und stieß einen häßlichen, nasalen Schrei aus. Auf dem Glas zeigte sich deutlich ein Fingerabdruck.

Ein männlicher, starker Daumen. Es konnte nicht der seine sein. Er hielt ihn vorsichtig darüber. Der war schmal und lang und ging zweimal in diesen brutalen, selbstbewußten Daumen hinein. So ein Daumen konnte Olaf gehören. Sein Verdacht fiel jetzt kerzengerade auf ihn. Er hielt die Flasche wieder gegen das Licht und zitterte so sehr, daß die Flüssigkeit bis an den Korken hinaufspritzte. Ha, ha, ha! Er lachte gefährlich. Hatte sie ihn nicht einmal »Nachtvogel« genannt? Uhu? Bei ihm zu Hause nannte man den Uhu »Spion des bösen Geistes«! Haha, er lachte wieder krampfhaft, es hörte nicht auf in ihm zu lachen. Ha... Plötzlich wurde er still, totenstill. Wenn es nun der Hausdiener dort im Hotel gewesen wäre, der die Flasche beim Reinigen des Zimmers in die Hand genommen? – Pause. Als ob es keine andern Daumen auf der Welt gäbe! Entschlossen stellte er das Parfüm an seinen Platz zurück. Noch heute mußte er es wissen. Noch heute. Er steckte ein kleines Töpfchen mit Crème und eine Büchse mit Talkpuder in seine Tasche und verließ das Zimmer. Es war vier Uhr. Olaf konnte gerade in der schwedischen Gesandtschaft sein. Er kramte lange in seinen Handschuhen herum, wählte ein Paar, das nicht zu hell und nicht zu dunkel war, schob seine Ledermappe unter den Arm und eilte hinunter auf die Straße.

Der Gedanke, daß Olaf nicht da sein könnte, ließ ihn frieren. Er mußte, mußte da sein. Die Ausrede, mit der er vor ihn treten wollte, hatte er sich noch gar nicht zurecht gedacht. Trotzdem ließ er sich keine Minute Zeit, stürzte aus der Autodroschke durch das Portal an den Dienern, die ihn kannten, vorüber, bis er auf den Gang kam, der direkt in Olafs Zimmer mündete. Er stellte die Mappe auf ein Fensterbrett und zog seine kosmetischen Büchsen heraus. Genau auf der Stelle seines Handrückens, auf der der Daumen Olafs beim Händedruck zu liegen kommen mußte, beschmierte er den Handschuh mit Pomade und streute den weißen Talk darauf. Olaf wunderte sich gewiß weiter nicht darüber, daß die fettige schmierige Hand so eines Negers selbst durch den Handschuh hindurchnäßte. Da hatte man wieder einmal den Beweis dafür, was für schweißtriefende, moschusausdünstende Schweine diese Schwarzen sind! Der Sekretär grüßte ihn tief. Jupiter gab vor, mit dem Attaché Magnussen verabredet zu sein. Ja, er riskierte es, Lügen gestraft zu werden und die

Antwort zu bekommen: Aber der Herr Attaché ist ja noch gar nicht von der Reise zurück. Der Sekretär ließ ihn ohne Anmeldung passieren. Also er war da. Hinter dieser Tür saß er. Gleich mußte er »Herein« rufen mit seiner Stimme, mit seinem Körper, mit seinem Daumen. Jupiter sah lauter Daumen vor seinen Augen tanzen. Er klopfte und stand Olaf gegenüber.

Es hätte des kräftigen Shakehands gar nicht bedurft. Eine Momentaufnahme, die Jupiter von dem eine Sekunde lang zusammenzuckenden Gegner mit seinen Augen machte, in die ein schärferes Objektiv eingebaut war als in alle Zeissapparate, genügte ihm. Gleich darauf saßen sie sich als zwei Diplomaten gegenüber. Jupiter zog vorsichtig hinter dem Schreibtisch seinen Handschuh aus, während er anfing, eine lange Geschichte zu erzählen. Er war von einer Geschwätzigkeit, von einer Behäbigkeit in der Schilderung der Details, wegen eines armen, in Schweden verlorenen Schwarzen, daß sich auf Olafs Stirn blonde, nasse Perlen zu bilden begannen. Ja, der betreffende Neger befand sich als Seemann in Stockholm. Ausgerechnet in Stockholm! Da saß er nun in seinem Matrosenanzug und einer Zelle fest. Frau und Kinder waren in Paris. Und dann hatte er natürlich ein Delikt begangen. Das Delikt aller Seeleute. Betrunkenheit, Rauferei. Und weil er dem schwedischen Gesetz unterstand, haha, einem so blonden Gesetz, wandte er sich an ihn, damit er seinen Einfluß geltend mache. Vielleicht konnte ihm Olaf Auskunft geben?

Er war selbst ganz betrunken vor Heiterkeit. Wurde immer weitschweifiger, kam von den Seefahrern auf die alten Phönizier, unternahm mit ihnen Reisen von einem Meer ins andere, erzählte von den Stürmen und Überschwemmungen bei sich zu Hause. Schließlich kam er auf die Sintflut zu sprechen, und Olaf hatte das Gefühl, als stünde er schon bis zum Mund im Wasser. Jupiter konnte sich nicht sättigen an dem krebsroten Gesicht vor ihm, das zu dem Sonnenstich aus den Bergen sich jetzt noch einen im Zimmer holte. Leider wurde dieses Gesicht, an dem er schon wie ein Kannibale zu nagen angefangen, ans Telephon gerufen. Jupiter horchte. Vielleicht sagte eine strohfarbene Damenstimme: »Olaf«, wie sie es in diesen vierzehn Tagen viele Male getan, so daß auf ihrem Mund davon O-Strahlen zurückgeblieben waren? Er hatte sie doch gleich gesehen, die verdächtigen strahlenförmigen Fältchen, die man von zuviel »O«-sagen bekommt.

Es war ausnahmsweise ein amtliches Gespräch. Jupiter stand auf. Sie verabschiedeten sich so herzlich einer von dem andern, wie sich nur zwei Todfeinde verabschieden können.

Zu Hause zog er den Handschuh vorsichtig aus seiner Mappe und prüfte mit einem Vergrößerungsglas den Daumen auf der Flasche und den auf dem Leder. Es war derselbe. Er atmete auf. Zum erstenmal nach langen Monaten atmete er auf. Atmete wie früher, wenn er seinen weißen Gegner mit seinen breiteren Nasenlöchern zu Boden atmen wollte.

Pumpte den Sauerstoff mit den Lungen, mit der Haut, mit den Haaren, Händen und Füßen. Er war wieder stark wie damals, bevor er sie gekannt hatte. Die ganze Episode mit ihr sollte bald zwischen zwei Klammern in seinem Leben liegen.

Er setzte seinen Hut auf. Sie sollte ihn nicht mehr durch ihren Anblick schwächen! Jeder Augenblick konnte sie von ihrem Spaziergang zurückbringen. Schnell verließ er das Haus.

20. Kapitel

Auf dem nächsten Postamt schrieb er einen Rohrpostbrief, worin er ihr flüchtig mitteilte, daß er leider heute abend mit dem Minister dinieren müsse. Sie möge nicht auf ihn warten und sich zu Bett legen, denn sie sei sicher noch müde von der Reise.

Er ließ sich durch die Straßen seines Bezirkes gehen, immer im Kreis herum, bis sich der Bezirk mit ihm wie ein Karussell drehte. Er dachte nichts. Er atmete nur. Um elf Uhr ging er nach Hause.

Er wusch sich zuerst die Hände im Badezimmer und öffnete leise die Tür ins Schlafzimmer. Hier machte er kein Licht. Der Schimmer aus dem Waschraum genügte ihm. Er sah im Dunkel, wie alle Raubtiere. Das Licht von nebenan begleitete ihn. Man hätte es für einen kleinen gelben Hund halten können, der hinter ihm herlief.

Alma rief: »Jupiter!«

Aber er antwortete nicht. Man redet nicht während einer Pantomime. Er sah, daß sie sich schön gemacht hatte wie schon lange nicht mehr. Sogar das Nachtgewand, das er am liebsten hatte, trug sie heute für ihn. Das war das böse Gewissen.

Er näherte sich langsam dem Bett. Unheimlich langsam. Es wurde schwarz im Zimmer, als wären lauter Raben versammelt. Schwarz wie in einem Kohlenbergwerk. Nein, noch viel schwärzer. Nur der Tod ist so unversöhnlich dunkel. Wirft solche Schatten über einen Raum. Nur das Grab.

Jupiter stand vor einem Grab. Drei Glanzlichter lagen auf ihm. Das eine ging aus von seiner Hand und hatte die Form eines Dolches, des vergifteten Dolches, mit dem sie manchmal gespielt hatte. Die zwei andern kamen aus seinen verdrehten Augen, von denen man nur das wie Phosphor leuchtende Weiße sah. Er näherte sich dem Bett, in dem sie mit weit aufgerissenen Glasaugen lag. Vor Schreck zur Plastik erstarrt, über die der Bildhauer ein feuchtes Tuch geworfen hat, um morgen an dem nassen, knetbaren Ton weiterarbeiten zu können. Das nasse, schweißdurchtränkte Bettuch formte die zwei seit der Geburt gereiften Apfelbrüste nach. Automatisch zitierte sein Gehirn: Quos vult Jupiter perdere, dementat prius*, und suchte die linke Brust. Mit einem meisterhaften Griff stieß er den Dolch unterhalb des kleinen Hügels in das Herz.

Dann warf er ihn weg. Die weiße Frau mit der roten Blumenkomposition auf der Brust versetzte ihn in gärende Aufregung. Ein Tanz zuckte in seinen Gliedern, den man bei ihm zu Hause im Anblick des Blutes getanzt hätte. Schon setzte er zum Sprung an, als er ihren Geruch roch. Er ging von dem rosa Negligé aus, das sie zuletzt angehabt hatte. Es widerstrebte ihm, daß ihr Geruch sie überleben sollte. Seine Tanzlust setzte sich in Vandalismus um. Nur die Finger tanzten noch und rissen das seidene Hauskleid so wie die darunterliegenden Wäschestücke in viele kleine Fetzen. Er sah sich um, welche Erinnerungen er noch zerreißen könnte, als sein Blick von ihren steifen, offenen Augen eingefangen wurde. Die Vergißmeinnicht wollten nicht welken. Vielleicht war sie nicht ganz tot und sah ihm zu. Was kümmerte es ihn! Er hätte ihr doch keinen Gnadenstoß gegeben. Die ganz entsetzliche Gleichgültigkeit gegen die Qual der andern, die dem Urneger eigen, durchzog ihn wieder. Er gesundete. Trotz seiner Stumpfheit vergaß er nicht, nach diesem gerechten Mord einige heilige Riten zu vollführen, damit das verspritzte Blut seinem Kind nicht Unglück bringe.

* Den Jupiter verderben will, dem raubt er zuerst den Verstand. (Euripides)

Nachwort

»Du wirst einmal deine Feder nicht in Tinte tauchen, sondern in deine eigenen Tränen«, soll Max Scheler, der Onkel, ihr prophezeit haben. Nicht Tränen, wohl aber Bitterkeit und ein schier grenzenloser Haß haben die letzten Lebensjahre Claire Golls bestimmt. Am meisten gelitten hat sie unter der Vergessenheit, in die ihr Mann, der Schriftsteller Yvan Goll (1891–1950), in die aber auch sie selbst und ihr Werk während des Dritten Reiches geraten waren. Ihre autobiographischen Aufzeichnungen, 1976, ein Jahr vor dem Tod, in französischer Sprache und 1978 in deutscher Übertragung unter dem Titel ›Ich verzeihe keinem‹ veröffentlicht, brachten den Namen der Goll noch einmal auf die ersten Seiten der Feuilletons. Allerdings riefen sie vor allem die legendäre Ehefrau, die Freundin, Geliebte und Muse der Großen und Größten ihrer Zeit in Erinnerung zurück: »Ich habe große Männer gekannt, sogar Genies: Joyce, Malraux, Saint-John Perse, Einstein, Henry Miller, Picasso, Chagall, Majakowski, Rilke, Montherlant, Cocteau, Dali, C. G. Jung, Artaud, Lembruck, Brancusi … Ich habe einige Männer geliebt, und sehr viel mehr haben mich geliebt.« (5) Von dem Weg der Schriftstellerin Goll, von dem Weg der einstigen Journalistin und Pazifistin war in der »Chronique scandaleuse« nur beiläufig, zwischen den Zeilen, die Rede. Gerade sie aber gilt es heute wiederzuentdecken. Denn Claire Goll hat keineswegs nur im Abglanz ihrer berühmten Freunde gelebt und gewirkt, ist vielmehr schreibend und denkend durchaus eigene Wege gegangen. Davon legen die in den zwanziger und dreißiger Jahren verfaßten und veröffentlichten Bücher Zeugnis ab. Der Roman ›Der Neger Jupiter raubt Europa‹ steht am Anfang einer Reihe von Prosatexten, in denen die Autorin sich als eine teils spöttisch-ironische, teils nachdenkliche, stets jedoch engagierte Zeit- und Gesellschaftskritikerin zu erkennen gibt, die – trotz aller Kontakte, Freundschaften und Affären – an der politischen, sozialen und geistigen Entwicklung der Nachkriegsjahre regen Anteil nahm.

Über die genaue Entstehungszeit und -geschichte des Jupiter-Romans sind allenfalls Mutmaßungen erlaubt. Anfang 1917, nach der Scheidung von ihrem ersten Mann, Dr. Heinrich Studer, hatte die siebenundzwanzigjährige Claire Goll Deutschland verlassen und war in die Schweiz gezogen. Dort nahm sie Kontakt auf zu Henri Guilbeaux, dem Herausgeber der pazifistischen Zeitschrift ›Demain‹, und machte die Bekanntschaft zahlreicher exilierter expressionistischer und dadaistischer Künstler. Im Februar 1917 lernte sie in Genf Yvan Goll kennen, ihren späteren Mann, vor dessen stürmischer Zuneigung sie zunächst die Flucht nach München – und in die Arme von Rainer Maria Rilke – ergriff, um dann zurückzukehren und mit dem einige Monate jüngeren Elsässer nach Paris zu ziehen, wo die beiden am 21. Juli 1921 getraut wurden.

Noch während ihres Aufenthaltes in der Schweiz hatte Claire Goll die Begeisterung zahlreicher expressionistischer und dadaistischer Künstler für die schwarzafrikanische Kunst und Musik erlebt, eine Begeisterung, die sie – völlig zu Recht – auf tieferliegende Ursachen zurückführte: »Die Empfindsamsten unserer Generation wollten den modernen Städter abschaffen, der wie ein Roboter gesellschaftlichen Riten unterworfen ist, um statt seiner das echte, spontane, primitive Wesen neu erstehen zu lassen. Seitdem drehte sich die ganze künstlerische Mythologie dieser Zeit, mit ihren verstörten, bis zur Zerrüttung possenhaften und grotesken Figuren, um das Verlangen, das menschliche Schicksal auf neue Wege zu lenken ... Manche unserer Zeitgenossen suchten ihre Wahrheit in der primitiven Kunst, der negroiden oder ozeanischen, in der Ethnologie überhaupt. Carl Einstein schrieb mitten im Krieg das erste und bedeutendste Buch über schwarze Skulptur« (›Ich verzeihe keinem‹, 69/70). Möglicherweise hat Claire Goll ihren Roman, der mit Elementen des avantgardistischen Negerkults und dessen modischen Ausläufern spielt, unmittelbar aus diesem Erlebnis heraus, d. h. in den ersten Nachkriegsjahren verfaßt. Für diese Annahme könnte ein Brief sprechen, den Yvan Goll drei Monate nach der Hochzeit an seine Frau schrieb, um ihr unter anderem von der Ablehnung eines von ihr verfaßten

Romanmanuskripts durch Dr. Walter Lohmeyer, den Leiter des Baseler Rhein-Verlags, zu berichten: »Ferner: wir haben viele Feinde in der Schweiz. Dies der Grund (anonyme Briefe an den Hauptgesellschafter Dr. Kober über *Dich* vor allem! Du habest Dich als schweizfeindlich erwiesen und habest trotzdem den Titel einer Schweizerin in Zürich usurpiert, und tausend solche Dinge!) Dies der Grund, warum der arme L. Dein Buch nicht drucken *durfte* und auch den Roman nicht annahm!« Sollte es sich bei dem Manuskript um Claire Golls Jupiter-Roman gehandelt haben, hätte Lohmeyer fünf Jahre gebraucht, um sich eines Besseren zu besinnen: denn 1926 erfolgte die Erstveröffentlichung des Buches eben in seinem Baseler Verlag. Im selben Jahr noch bringt dann auch der Berliner Ullstein-Verlag den Roman heraus, kurioserweise in zwei verschiedenen Ausgaben innerhalb der Reihe »Die Gelben Ullstein-Bücher«. Die eine zeigt als Titelbild den Kopf eines Farbigen, die andere – mit dem Untertitel »Ein Liebeskampf zwischen zwei Welten« – ein Foto aus dem Eichberg-Film ›Der Greifer‹.

Zwei zentrale Erlebnisse sind prägend gewesen für das Denken und die Anschauungen Claire Golls in den zwanziger und dreißiger Jahren. Das eine war eine sehr persönliche Erfahrung, das Trauma einer Kindheit, die überschattet war von den Grausamkeiten einer hochgradig neurotischen Mutter, die ihre Tochter ununterbrochen körperlich und seelisch zu züchtigen versuchte. Seit dieser Zeit fühlte Claire Goll sich, wie sie in ihrer Autobiographie schrieb, »den Unterdrückten immer am nächsten« (19) und entwickelte in ihren Texten jene Grundhaltung, die Karl Krolow einmal als »unverdorbenen Humanismus« gekennzeichnet hat.

Das zweite einschneidende Erlebnis, die Weltkriegserfahrung, teilte Claire Goll mit ihren Zeitgenossen. Das Entsetzen über die Greuel des Krieges hatte sie 1917 zur Ausreise aus Deutschland veranlaßt: »Ich war politisch noch unerfahren, aber das Militär hatte bei mir schon immer, im Frieden wie im Krieg, Brechreiz erregt. Je länger sich die Schlächterei hinzog, desto bleierner senkten sich die düstere Stimmung und die alte germanische Besessenheit über das Land. Ich konnte nicht mehr ausgehen oder eine Zeitung aufschlagen, ohne den dringenden Wunsch zu verspüren, woanders zu sein – in einem Land, das noch nicht alle Grundbegriffe der Vernunft aufgegeben hatte«. (›Ich verzeihe keinem‹, 33).

Das Beharren auf der Vernunft als unverzichtbarem Grundwert menschlicher Existenz, das der Einsicht in die Irrationalität der im Krieg entfesselten Kräfte entstammte, stellt den für das Verständnis der Gollschen Anschauungen zweiten entscheidenden Gesichtspunkt dar. Denn er macht nicht zuletzt jene Skepsis verständlich, mit der Claire Goll den immer häufiger – auch in dadaistischen und surrealistischen Kreisen – geäußerten Zweifeln an der Verstandesautonomie des Menschen, damit auch an der Angemessenheit des »Cogito ergo sum« des abendländischen Menschenbildes begegnete. Nicht allein der avantgardistische Negerkult, der sich in Abkehr vom positivistischen Denken des neunzehnten Jahrhunderts und vom Cartesianismus für die afrikanische Kunst und Kultur als Inbegriff des Emotionalen, Irrationalen, Vitalen begeisterte, sondern vor allem auch dessen geistige Wurzeln schienen Claire Goll fragwürdig. Auch um diese Fragwürdigkeit geht es in ihrem Roman ›Der Neger Jupiter raubt Europa‹.

Erzählt wird die Geschichte des in Paris lebenden Jupiter Djilbuti und seiner Liebe zu der von schwedisch-französischen Eltern abstammenden Alma Valery auf verschiedenen Ebenen. Claire Goll geht es nicht nur um die ironische Entlarvung jener »Snobs«, die auf der einen Seite aus ihrer Verachtung für den Neger, den Schwarzen, keinen Hehl machen, während sie gleichzeitig, der neuesten Mode folgend, Negerbüsten zur Dekoration in ihre Häuser holen und zu den Klängen von Negermusik tanzen. Ihre Aufmerksamkeit – und Sympathie – gilt dem Neger als dem gesellschaftlich Geächteten, als dem Außenseiter, der in diesem Fall ein Neger ist, genausogut aber auch ein Jude sein könnte (vgl. S. 11, 16, 66, 76), und der nie aus dem Bild ausbrechen kann, das »die Gesellschaft« in anmaßender Willkür von ihm entworfen hat. Dabei unternimmt der Roman nicht den Versuch, das Bild durch ein Gegenbild zu ersetzen und Jupiter zum »edlen Wilden« zu stilisieren. Vielmehr wählt Claire Goll den umgekehrten Weg, indem sie die Fadenscheinigkeit und Unhaltbarkeit der Klischees entlarvt und die verurteilende Gesellschaft all dessen überführt, was »dem Schwarzen« zur Last gelegt wird, des Aberglaubens, der Alogik, der Irrationalismen.

Daß Jupiter Djilbuti nicht als eine uneingeschränkt positive Figur gezeichnet wurde, hat darüber hinaus aber noch andere Gründe. Claire Golls Roman erzählt, wie es im Untertitel zu einer der beiden Ullstein-Ausgaben hieß, vom »Liebeskampf zwischen zwei Welten« oder, richtiger vielleicht, vom Kampf zwischen zwei Welt- und Menschenbildern. Alma/Europa verkörpert dabei das in Auflösung begriffene westlich-abendländische Bild vom Menschen als rationalem Wesen, Jupiter den Gegenentwurf eines von irrationalen Kräften und Trieben beherrschten Menschen. Alma/Europa läßt sich von Jupiters Fremdartigkeit faszinieren, unterwirft sich ihm – und fällt ihm am Ende zum Opfer. Bevor Jupiter Alma tötet, zitiert er Euripides: »Quos vult Jupiter perdere, dementat prius« – Den Jupiter verderben will, dem raubt er zuerst den Verstand.

Franz Blei hat Claire Golls Roman wegen seiner »Oekonomie«, seiner »klaren Disposition« und »Anschaulichkeit« bewundert: »Und der Verfasser steht immer genau einen halben Meter über den Dingen, genau dort, wo sich Sympathie und Ironie ideal schneiden.« Diesem Standpunkt verdanken wir die beeindruckende Klarheit der Sprache und die Leichtigkeit des Stils, mit denen Claire Goll ihr komplexes Thema zu einer geradezu schlicht wirkenden Geschichte verdichtet hat.

Daß der Zeitraum von 1918 bis 1933 zu den faszinierendsten der deutschen Literaturgeschichte gehört, haben wir längst schon begriffen, auch wenn vieles von dem, was zur Vielschichtigkeit und Vielseitigkeit der Epoche beigetragen hat, erst heute wieder aus der Vergessenheit zurückgeholt wird, in die es von den Nationalsozialisten gezwungen wurde. Die Wiederentdeckung Claire Golls, die Wiederentdeckung des Romans ›Der Neger Jupiter raubt Europa‹ gehört zu den bemerkenswerten Funden aus jener Zeit. Für das literarische Konzert jener Jahre ist die Stimme Claire Golls unverzichtbar.

Rita Mielke

Frauen der Welt im dtv

Frauen in Afrika
Herausgegeben von
Irmgard Ackermann
dtv 10777

Frauen in der arabischen Welt
Hrsg. v. Suleman Taufiq
dtv 10934

Frauen in China
Hrsg. v. Helmut Hetzel
dtv 10532

Frauen in der DDR
Hrsg. v. Lutz W. Wolff
dtv 1174

Frauen in Frankreich
Herausgegeben von
Christiane Filius-Jehne
dtv 11128

Frauen in Griechenland
Herausgegeben von
Maria Bogdanu u.a.
dtv 11396

Frauen in Indien
Herausgegeben von
Anna Winterberg
dtv 10862

Frauen in Irland
Hrsg. v. Viola Eigenberz
und Gabriele Haefs
dtv 11222

Frauen in Italien
Herausgegeben von
Barbara Bronnen
dtv 11210

Frauen in Japan
Hrsg. von Barbara
Yoshida-Krafft
dtv 11039

Frauen in Lateinamerika 1
Herausgegeben von
Marco Alcantara
und Barbara Kinter
dtv 10084

Frauen in Lateinamerika 2
Herausgegeben von
Marco Alcantara
dtv 10522

Frauen in New York
Herausgegeben von
Margit Ketterle
dtv 11190

Frauen in Persien
Herausgegeben von
Touradji Rahnema
dtv 10543

Frauen in der Schweiz
Herausgegeben von
Andrea Wörle
dtv 11329

Frauen in Skandinavien
Herausgegeben von
Gabriele Haefs und
Christel Hildebrandt
dtv 11384

Frauen in der Sowjetunion
Herausgegeben von
Andrea Wörle
dtv 10790

Frauen in Spanien
Herausgegeben von
Marco Alcantara
dtv 11094

Frauen in Südafrika
Herausgegeben von
Dorothea Razumovsky
dtv 11347

Frauen in Thailand
Herausgegeben von
Hella Kothmann
dtv 11106

Frauen in der Türkei
Herausgegeben von
Hanne Egghardt und
Ümit Güney
dtv 10856